「接 続 詞」の 技 術

日語
接續詞大全

學會連接前後句，
增強寫作和閱讀能力！

（附接續詞一覽表）

日語接續詞文法專家
石黑圭 著
東吳大學日本語文學系教授
王世和 審訂

林農凱 譯

前言

各位在書寫長篇文章時，是否整篇都是以一定的速度來寫呢？我想應該不是。應該會像田徑的間歇訓練一般，寫完一段休息，休息後再寫下一段，直到寫完文章。

寫文章時的單位不用說，就是句子了。句子以句號「。」做分隔，表達一個雖小但完整的意思。因此只要想好內容，就可以一口氣把句子寫完。

真正花費時間的，是句子的開頭。當前一個句子寫完，在最後標上句號「。」時，可能是一瞬間，也可能是很長一段時間，手就停下來了，這是因為我們不知道接下來的內容要如何延續前面的句子。可能還有些人想不到下一句的寫法，只好喝起咖啡休息片刻。

這時候我們的腦中在想些什麼呢？我想一定都是在整理前文的內容，考量要如何把後續的句子接起來，讓文章保持通順。這時候能派上用場的，就是接續詞。

接續詞放在句子開頭，是一種如同橋梁般連接上下文的語詞。根據前述的內容，確定後面文章內容的方向。「だから（所以）」「しかし（可是）」「そして（然後）」「たとえば（譬如）」都是具代表性的接續詞。

對寫作者而言，使用接續詞能便於確定後續句子如何連接寫好的內容，在寫長篇文章時會較為輕鬆。另一方面，對讀者來說有接續詞，就可以藉由前文的脈絡事先猜到後續文章的內容，讀起來也會輕鬆許多。

也就是說，接續詞對寫作者與讀者雙方來說，有助於撰寫與閱讀文章。

因此在第 1 章之 1「接續詞拓展寫作者的想像」中，會告訴各位接續詞如何使用，才能幫助寫作者寫出流暢的文章。

而在第 1 章之 2「接續詞幫助讀者理解文章」中，則從讀者的立場出發，了解到只要借助開頭的接續詞，就能順利看懂後文，幫助讀者理解文章內容。

　　日文的文章中有豐富多樣的「連接語詞」接續詞，讓日文文章看來更有變化性。在本書中將會盡量多介紹這些接續詞，並協助讀者進行分類與練習。

　　本書宛如一座接續詞博物館，還請各位透過本書，熟習各式各樣的接續詞用法，寫出便於讀者理解的文章，以成熟的寫作者為目標努力吧。

CONTENTS
日語接續詞大全

第 5 章 | **展開接續詞**
表示整體文章的脈絡

第 6 章 | **接續詞與文章脈絡**
尋求前後文的協調

第 1 章

接續詞的基礎
使用接續詞連接句子

1 | 接續詞拓展寫作者的想像

> **Q** 便利商店是非常貼近我們生活的存在，但老師要我們寫關於便利商店的報告時，我卻想不出內容來，只能寫出「コンビニは便利だ。（便利商店很方便。）」這樣的句子。我應該怎麼辦呢？

　　有沒有不擅長寫長篇文章的人呢？不會寫長篇文章的人多半是不曉得該怎麼接下去，不然就是想寫的事情很快就寫完了。這時候接續詞非常有用。接續詞是為了讓寫作者更便於續寫文章的工具。

　　譬如用問題中「コンビニは便利だ。」這個例子來思考吧！「コンビニは便利だ。」這句話之後試著接「たとえば（譬如）」看看，第二個之後則用「それから（然後）」銜接。

▶ コンビニは便利だ。　便利商店很方便。

▶ **たとえば、**お弁当やパンが買える。　譬如，可以買到便當與麵包。

▶ **それから、**ジュースやお酒も買える。　然後，也可以買果汁與酒。

▶ **それから、**淹れたてのコーヒーも飲める。
　　然後，還能喝到剛泡好的咖啡。

▶ **それから、**冬にはおでんや中華まんも買える。
　　然後，冬天可以買關東煮或包子。

▶ **それから、**スイーツも充実している。　然後，也有多種點心可選擇。

▶ **それから、**日用品や文房具も買える。
　　然後，還能買到日常用品與文具。

▶ **それから、**本や雑誌も買える。　然後，還可以買書與雜誌。

▶ **それから、**シャツや靴下も買える。　然後，還能買到襯衫與襪子。

是不是想到各種說詞了呢？剛剛舉例的都是便利商店可買到的東西，但便利商店還有提供各式各樣的服務。

- ▶ コンビニは便利だ。　便利商店很方便。
- ▶ **たとえば、**公共料金が払える。　譬如，可以繳費。
- ▶ **それから、**ATM を使ってお金が下ろせる。　然後，可用 ATM 領錢。
- ▶ **それから、**宅配便が送れる。　然後，可以寄宅配。
- ▶ **それから、**送られてきた本が受け取れる。　然後，可以領寄來的書。
- ▶ **それから、**コピーや FAX が使える。　然後，可以使用影印或傳真。
- ▶ **それから、**PC のデータや写真のプリントもできる。
  然後，可以列印 PC 的檔案或照片。
- ▶ **それから、**コンサートや映画のチケットが買える。
  然後，可以買演唱會門票或電影票。
- ▶ **それから、**住民票の写しや印鑑登録証明書も取れる。
  然後，可以辦理住民票副本或印鑑登錄證明書。
- ▶ **それから、**トイレも貸してもらえる。　然後，可以借廁所。
- ▶ **それから、**店員さんに道を聞ける。　然後，可以向店員問路。

就像這樣只要加上接續詞，就可以輕鬆寫出長篇文章。當然，像這樣羅列句子是不能當成正式文章的，但只要以此作為撰寫的材料，就能寫出如同下文這樣的文章。

コンビニは便利だ。生活に必要なものが一通りそろっていて、何でも売っている。とくに、買ってすぐに食べられるものが多い。　便利商店很方便。生活上的必需品幾乎都有在賣，尤其是買了就能馬上吃的食品。

たとえば、お弁当やパン、ジュースやお酒が買える。最近では、

100円で淹れたてのコーヒーも飲める。冬にはほかほかのおでんや中華まんが登場するし、スイーツは1年中充実している。　譬如在便利商店可以買便當、麵包、果汁以及酒類。最近也能用 100 日圓喝到剛沖泡好的咖啡。冬天有熱呼呼的關東煮與包子，而且一整年都有種類豐富的點心可以買。

食料品だけでなく、日用品や文房具も必要なものは揃っており、売れ筋の本や雑誌も買える。シャツや靴下を買える店もある。　除了食品外，日常用品與文具等必需品都有，還能買到熱賣的書或雜誌。有些店還會賣襯衫與襪子。

また、ものを売っているだけでなく、さまざまなサービスも利用できるのも、コンビニの便利なところである。　不只是賣的物品，能夠使用各式各樣的服務也是便利商店最方便的地方。

たとえば、電気・ガス・水道などの公共料金が払える。銀行に行かなくても、ATM を使ってお金が下ろせる。宅配便が送れるし、送られてきた本を受け取ることも可能である。マルチコピー機が充実し、コピーや FAX が使え、PC のデータや写真のプリントもできる。コンサートや映画のチケットだって買えるし、住民票の写しや印鑑登録証明書も取れるところもある。　譬如可以繳納電費、瓦斯費或是水費。就算不用去銀行，也能用 ATM 領錢。可以寄宅配，也能收取訂購的書。店內有多功能影印機，不僅可以使用影印與傳真功能，也能列印 PC 檔案或照片。可以購買演唱會門票或電影票，有些店甚至可以辦理住民票副本或印鑑登錄證明書。

それから、無料のサービスとして、トイレも貸してもらえるのも侮れない。買い物のついでに店員さんに道を聞くことだってできる。　然後作為免費服務，提供廁所也是不可小覷的一點。買東西時也能順道向店員問路。

さほど広くない店舗スペースに「生活の便利」がぎっしりつまっている。こうした商品やサービスが 24 時間利用できるコンビニは、今後も進化しつづけるだろう。　不特別寬廣的店內充滿了「生活的便利」。可以 24 小時購物或使用服務的便利商店，今後也會持續進化吧！

　　接續詞一般是當作連接句子與句子的語詞。當然，接續詞既可以連接比句子還短的單字或慣用句，也可以連接比句子還長的段落，這個理解本身並沒有錯。

　　但是接續詞的用法卻時常遭到誤解，這是因為接續詞常在以下這種形式的問題中被問及。

【問題】

以下的〔　　　　〕中請填入適當的接續詞。

のどが渇_{かわ}いた。〔　　　　〕水_{みず}を飲_のんだ。　口渴了。〔　　　　〕喝了水

　　答案是「そこで（因此）」。雖然「だから（所以）」或「そして（然後）」都可以，但不論是哪一個，都必須注意到問題的前提是在已有的兩個句子間填入接續詞。

　　像這種問題可便於我們理解接續詞的使用差異，在本書中也有很多這樣的問題。不過這是用來幫助解題的方式，實際撰寫文章時，並不會用這種解題的思維來寫句子。

　　亦即我們撰寫文章時，不是用

▶ のどが渇_{かわ}いた。→水_{みず}を飲_のんだ。→そこで

　　的順序思考，而是用

▶ のどが渇_{かわ}いた。→そこで→水_{みず}を飲_のんだ。

　　的順序來續寫句子。在寫出「そこで」的時候，應該是去思考之後要接的語句。

　　寫文章時用「たとえば？（譬如？）」「それから？（然後？）」「そこで？（因此？）」等「接續詞」＋「？」的方式來思考，應該就能想

出更好的下文。也就是說，接續詞能成為提示，幫助寫作者發想內容。

　　有個名為「カタルタ」、使用接續詞幫助人們進行思考訓練的工具（http://www.kataruta.com/）。カタルタ雖然只是卡片遊戲，但每張卡片上都有接續詞（或是副詞）。據開發者福圓和人先生所說，似乎參考了拙作《文章は接続詞で決まる》（光文社新書）的內容。

　　カタルタ同時也是溝通工具，只要使用カタルタ也能與初次見面的人交流。譬如翻開一張張カタルタ，用上面的接續詞請對方編出故事，就有可能讓故事往不可思議的方向發展。例如以下這個例子。

外が暗くなってきた。　外面變黑了。

［翻開卡片］「すると（於是）」

すると、コウモリが空を飛び交いはじめた。
　　於是，蝙蝠開始飛舞於空中。

［翻開卡片］「ところが（但是）」

ところが、ドラキュラが現れる気配はない。
　　然而，吸血鬼沒有要出現的跡象。

［翻開卡片］「それに（而且）」

それに、フランケンシュタインも現れそうにない。
　　而且，科學怪人好像也不會出現。

［翻開卡片］「つまり（也就是說）」

つまり、渋谷のハロウィンの夜はさほど怪しくないのだ。
　　也就是説，澀谷的萬聖節之夜不特別詭異。

［翻開卡片］「やっぱり（果然）」（副詞）

やっぱり、ハロウィンは渋谷に限る。　果然萬聖節就是要在澀谷過。

　　只要玩過一次就知道，透過卡片給予的接續詞串聯出符合邏輯的故事是相當困難的事。由於故事會變得曲折離奇，聽者會感到莫名其妙，說者也編得辛勞不堪，有時候真心話就會不小心說出來。而這時候，就有可能與初次見面的人拉近距離。

這樣想的話，用カタルタ給予隨機接續詞的玩法，可以產生無法一個人做到的獨特發想，在這一點上カタルタ可能會成為一種嶄新的思考訓練。

　　然而另一方面，在現實裡連續運用「それから？（然後？）」「それで？（接著？）」「だから？（所以？）」等接續詞，用如同在逼迫對方的方式說話，對方只會感到困擾。

　　此外對於長輩與上級，不可使用「で？（然後？）」這個接續詞。因為會像「で、何が言いたいの？（然後你想說什麼？）」「で、それに何の意味があるの？（然後那有什麼意義？）」這樣給人壓迫感。

　　綜合以上敘述，可以說基本上接續詞還是自己選擇為佳，而且不適合會話，是適合在文章中想確實延伸自己想法時使用的品詞。

> **Q** 請問有沒有確認自己文章使用的接續詞是否適當的方法？

確認自己使用的接續詞是否適當的好方法，就是讓自己站在讀者的立場來重看自己的文章。接續詞不僅是幫助寫作者寫文章的工具，同時也是幫助讀者更容易理解文章的工具。

雖然寫作者知道自己接下來要寫的內容，但讀者卻不知道接下來文章將要陳述的事情。對讀者而言，文章的後續是未知的，只能憑自己摸索去理解。這時候若有接續詞預告文章後續的內容，就能大幅減輕讀者在理解上的負擔。

譬如看看下面這句話。

▶ 最近仕事が忙しい。　最近工作很忙。

這句話意思很多，可以衍生出各式各樣的後續內容。看看下面的具體例子。

▶ 最近仕事が忙しい。交際相手となかなか会えない。
最近工作很忙。沒辦法常常跟交往對象見面。

▶ 最近仕事が忙しい。睡眠時間は十分取るようにしている。
最近工作很忙。我盡可能睡足充分的睡眠時間。

▶ 最近仕事が忙しい。会社が大型プロジェクトを受注した。
最近工作很忙。公司接到大型專案的訂單。

▶ 最近仕事が忙しい。資格試験の準備があり、休日家にいても勉強漬けだ。　最近工作很忙。要準備證照考試，就算假日在家也是一股腦兒讀書。

▶ 最近仕事が忙しい。プライベートは何もなく、暇だ。

最近工作很忙。私人生活什麼都沒有，很閒。

▶ 最近仕事が忙しい。仕事中心の生活のなか、「心」を「亡」くして
しまっている。 最近工作很忙。在以工作為重的生活中，「心」已經
死「亡」了。

　　當後續內容可以很多樣化時，要理解後面句子與「最近仕事が忙し
い。」的關係就變得困難。在這些例子裡分別加入適當的接續詞看看
吧！

▶ 最近仕事が忙しい。**だから**、交際相手となかなか会えない。 最近
工作很忙。所以沒辦法常常跟交往對象見面。

▶ 最近仕事が忙しい。**それでも**、睡眠時間は十分取るようにしてい
る。 最近工作很忙。不過我盡可能睡足充分的睡眠時間。

▶ 最近仕事が忙しい。**というのも**、会社が大型プロジェクトを受注し
たからだ。 最近工作很忙。因為公司接到大型專案的訂單。

▶ 最近仕事が忙しい。**そのうえ**、資格試験の準備があり、休日家にい
ても勉強漬けだ。 最近工作很忙。而且要準備證照考試，就算假日在
家也是一股腦兒讀書。

▶ 最近仕事が忙しい。**一方**、プライベートは何もなく、暇だ。

最近工作很忙。另一方面，私人生活什麼都沒有，很閒。

▶ 最近仕事が忙しい。**つまり**、仕事中心の生活のなか、「心」を
「亡」くしてしまっている**のだ**。 最近工作很忙。也就是説在以工作
為重的生活中，「心」已經死「亡」了。

不覺得有了接續詞後，句子的連接變得更圓滑，後續文章的意思也更容易看懂了嗎？因為放上接續詞後，可以藉由接續詞了解與前面句子的關係並猜想後續內容，有助於我們順利了解文章內容。

因此寫作者必須考量到讀者閱讀時的心境，留意接續詞的使用。

據說專業作家在推敲時，常常修潤接續詞。所謂推敲指的是寫作者站在讀者的立場所做的行為。因為就算撰寫時看不出來，但只要過一段時間再重讀，就能看出自己文章難讀的部分，尤其難讀的原因往往出在接續詞上，所以從讀者視角來修正接續詞是很重要的工作。

閱讀文章時，最容易出現異樣感的情況便是沒有逆接的接續詞。請看下面例子。

▶ 新宿駅が新宿区にあり、渋谷駅が渋谷区にあるように、品川駅は品川区にあり、目黒駅は目黒区にあるとふつうは考える。品川駅は港区にあり、目黒駅は品川区にあるのだ。　就像新宿站在新宿區、澀谷站在澀谷區一樣，一般我們會認為品川站在品川區、目黑站在目黑區。品川站在港區，目黑站在品川區。

讀下來有些不好懂，這是因為「品川駅は港区にあり、目黒駅は品川区にある」這個意外的內容，沒有用預告的接續詞來連接。只要放入逆接的接續詞，句子看來就不會突兀。

▶ 新宿駅が新宿区にあり、渋谷駅が渋谷区にあるように、品川駅は品川区にあり、目黒駅は目黒区にあるとふつうは考える。**ところが**、品川駅は港区にあり、目黒駅は品川区にあるのだ。　就像新宿站在新宿區、澀谷站在澀谷區一樣，一般我們會認為品川站在品川區、目黑站在目黑區。然而品川站在港區，目黑站在品川區。

「しかし（可是）」「だが（但是）」「ところが（然而）」這些逆接的接續詞，就是若在書寫文章時省略掉，便會使文章看來難以理解

的典型接續詞。

　　另外還有與逆接接續詞相同，在該出現時沒出現就會使文章難懂的
「さて（話說）」「ところで（是說）」「では（那麼）」這些表示轉
換的接續詞。若沒有轉換的接續詞，讀者就不清楚話題已經來到下個階
段，文章就會給人有些不易閱讀的印象。

> ▶ 統計からわかるように、取引先の数を増やしつつ、取引先との連携
> を強めている企業が安定して売上を増やしている。取引先の増加と
> 連携の強化を両立している企業には、どのような特徴が見られるの
> だろうか。　從統計數據可知，一邊增加客戶數，一邊加強與客戶合作
> 的企業能夠安定增長銷售額。從增加客戶與強化合作雙管齊下的企業上，
> 能看見什麼樣的特徵呢？

　　這時候試著把轉換接續詞「では（那麼）」放進去吧，「さて（話
說）」也可以。這樣應該能了解文章變得更有力了吧！

> ▶ 統計からわかるように、取引先の数を増やしつつ、取引先との連携
> を強めている企業が安定して売上を増やしている。**では**、取引先の
> 増加と連携の強化を両立している企業には、どのような特徴が見ら
> れるのだろうか。　從統計數據可知，一邊增加客戶數，一邊加強與客
> 戶合作的企業能夠安定增長銷售額。那麼，從增加客戶與強化合作雙管
> 齊下的企業上，能看見什麼樣的特徵呢？

　　不論是逆接還是轉換的接續詞，由於前後文落差頗大，所以若沒有
這些接續詞，文章就會比少掉其他種接續詞時還要來得更難看懂。

3 | 有哪些接續詞

Q 接續詞有什麼類型、每個類型又有多少種呢？

要回答這個問題極其困難，想制定接續詞有幾種幾乎是不可能的事。不僅因為隨著如何定義接續詞而有所不同，還有像是「けど（可是）」一個詞的變化就有「けれど」「けども」「けれども」「だけど」「だけれど」「だけども」「だけれども」。這些全部都要算是「けど」，還是算成總共八個接續詞呢？另外還有「てか」「てゆっか」「つうか」（意思皆為「是說」）這些口語特有的接續詞，「そやかて（就算如此）」「せやけど（可是）」「ほんなら（既然這樣）」等方言，甚至「かくて（於是）」「さらば（既已）」「しかるに（然）」等古語，若要算上這些接續詞，數量便有很大差異。

但是如果把計算接續詞的條件限定在①放在句首表示前後邏輯關係、②變化也個別計算、③（也）在書面中使用、④不含方言、⑤（也）在現代語中使用，就能算出大概有 340 個。本書將這約 340 個接續詞依循拙作《文章は接続詞で決まる》分成 4 大類 10 種。4 大類指的是邏輯接續詞、整理接續詞、理解接續詞、展開接續詞。由於這 4 類效果與功能都不同，這邊按順序個別說明。

邏輯接續詞是以「P→Q（若P則Q）」的條件關係為基礎的接續詞。若有邏輯接續詞，因果關係就變得明確，文章的陳述就能合乎邏輯，因此寫作者若想有說服力地陳述自己的意見時就會常用到這類接續詞。邏輯接續詞又分成表示結果符合預期的「順接」（表示因果，如「だから」等），以及結果不如預期的「逆接」（表示轉折，如「しかし」等）這兩種接續詞。

整理接續詞是以同類語句的加法關係為基礎的接續詞。若句中放進整理接續詞，即使內容繁多複雜也能妥善整理在一起，使文章更容易理

解。因此若想在陳述錯綜複雜的話題時不被人誤解，就會用到整理接續詞。整理接續詞又分成羅列相似語句的「並列」（「そして」等）、提示相似語句其不同之處的「對比」（「一方^{いっぽう}」等）、依順序排列相似語句的「列舉」（「つぎに」等）這三種。

理解接續詞是以補述不足資訊的補充關係為基礎的接續詞。若有理解接續詞，就能消解讀者的疑問，加深對文章的理解。因此若想拉近寫作者與讀者之間的知識差距，就會用到理解接續詞。理解接續詞還分成換一個適當說法的「換言」（「つまり」等）、舉出例子來讓人產生想像的「例示」（「たとえば」等）、填補訊息漏洞的「補足」（「なぜなら」等）這三種。

展開接續詞是以拓展話題為基礎的接續詞。若接上展開接續詞，對文章的理解就不會侷限在局部，而能捕捉到整體文章脈絡，了解寫作者的意圖。因此在長篇文章中若要表示文章的整體結構，就需要用到展開接續詞。展開接續詞則分成大幅切換話題的「轉換」（「さて」等）、整理之前話題的「結論」（「こうして」等）這兩種。

4 | 本書的結構

在本章「接續詞的基礎」中，已介紹了接續詞的定義，也從寫作者與讀者的觀點介紹了接續詞的使用思維。另外還大致瀏覽了接續詞的類型。

在本章最後，將預告第 2 章之後的內容，提示本書的整體結構。

從第 2 章到第 5 章，將仔細研究在第 1 章之 3 瀏覽過的 4 大類共 10 種接續詞。第 2 章針對邏輯接續詞、第 3 章針對整理接續詞、第 4 章針對理解接續詞、第 5 章針對展開接續詞，在各章中會詳細說明每個接續詞的用法與微妙的差異。

從第 6 章到第 8 章為應用篇。在第 6 章「接續詞與文章脈絡」中，將會介紹該如何整頓接續詞的前後文，使接續詞發揮十足的效果。就結果來看，接續詞必須藉由前後文支撐，才能徹底展現它的功能。同時，本書會介紹怎麼依循文章脈絡找出最適合的接續詞，以及介紹不放句首、放在句尾也能發揮接續詞功能，句尾接續詞存在的一些有趣現象。

在第 7 章「接續詞的實踐」裡，則會從各種角度，提出撰寫文章時有關接續詞的實用方法。譬如組合接續詞做出文章架構的接續詞範本、「しかし、だからこそ（但是，正因如此）」等接續詞的二重使用、電視節目字幕上「ところが！（然而）」這種引人注目的標示、或是跟「言うと（如果說）」結合做出符合自己需求的自創接續詞、為了醞釀文體特色所用的接續詞等等，讓人一看恍然大悟的接續詞技法，都將在第 7 章介紹給各位。

在第 8 章「接續詞的注意事項」中，將列舉各種使用接續詞時應留心的地方。例如在書面上不小心寫出口語用接續詞的壞處、潛藏在接續詞前後的邏輯不連貫、牽強附會使用接續詞反令句子毫無邏輯、甚至是過度使用接續詞糟蹋了文章等等，一次整理了數種使用接續詞時可能產生的問題。接續詞就像藥物，服用後有時會產生副作用。還請各位在使用接續詞前，先詳讀本章的注意事項，再正確地使用接續詞吧！

善加運用接續詞，會使文章有飛躍性的提升。請務必熟讀第 2 章之後的章節，成為接續詞大師吧！

第 2 章

邏輯接續詞
讓讀者期待

| **表示結果符合預期**

【問題】

在下列①～④的〔　　　〕裡，從「そこで」「だとすると」「そのため」「すると」中選擇一個填入。

① タヌキは雨に濡れるのが苦手だ。〔　　　〕雨の日は隠れ家にいて、外に出てこない。　狸貓不喜歡被雨淋濕。〔　　　〕下雨天會躲在巢穴不出來。

② タヌキは夜行性の動物で、昼間見かけることは少ない。〔　　　〕夜に探しに出ようということになり、日没後に集合した。　狸貓是夜行性動物，晨間很少見到牠們出沒。〔　　　〕我們在晚上去找狸貓，並於夕陽西下後集合。

③ 夜に公園を歩いていると、茂みのそばにいるタヌキを見つけた。〔　　　〕タヌキもこちらに気づいたらしく、怖がる様子もなく、不思議そうにじっとこちらを見つめていた。　晚上走在公園時在草叢旁邊發現了狸貓。〔　　　〕狸貓好像也發現我們，不過沒有驚慌恐懼，只是很好奇地看著這邊。

④ 野性のタヌキは警戒心が強いのではないか。〔　　　〕探しに行っても、遭遇できる可能性はかなり低い気がする。　野生的狸貓警戒心不是很強嗎？〔　　　〕我想就算去找，遇到的可能性也很低。

　　順接接續詞是預告接下來發展如讀者所想的接續詞，以「若P則Q」的條件關係為基礎。如「下了雨就會積水」「投進錢就會掉出果汁」等，表達兩件事之間的因果關係。

　　順接接續詞又可細分成以下四種。

　　第一種是**歸結接續詞**，表示符合預期的因果關係。①即為此種類

型，須放進「そのため（因此）」。只要做出「タヌキは雨に濡れるのが嫌いだ。そのため、……（狸貓討厭被雨淋濕。因此……）」這樣的脈絡，讀者就能輕易猜想到後來狸貓會做出的避雨行動。

第二種是**對應接續詞**，表示對應前述狀況的因果關係。②即為此類型，放進「そこで（於是）」。如果「昼間見かけることが少ない（晨間很少見到）」的話，那「夜に見に行く（晚上去看）」就好了。這種接續詞可針對先前文章脈絡的內容，預測後續所做的對策。

第三種是**推移接續詞**，表示期待結果的因果關係。③為這種類型，放進「すると（然後）」。與歸結接續詞不同的是，對比歸結接續詞，我們可以對後面發生的內容有某種程度的認知，而推移接續詞則是雖然我們知道後面會發生某件事，但不曉得具體內容。因此當看到「夜に公園を歩いていると、茂みのそばにいるタヌキを見つけた。すると……（晚上走在公園時在草叢旁邊發現了狸貓。然後……）」，只能看著事態的進行，並期待接下來的發展，這便是推移接續詞的特徵。

第四種是**假定接續詞**，表示以前述事項為真，接著可能發生的因果關係。若使用假定接續詞，前述事項的內容只是某一種可能性；假設前述事項的可能性為真，其發展會表示在後述事項裡。透過「野性のタヌキは警戒心は強いのではないか。だとすると……（野生的狸貓警戒心不是很強嗎？這樣看來……）」這樣的敘述，假設狸貓的警戒心很強這件事為真，就能讓讀者想像接下來的發展。

だから／ですから／だからこそ

預測前述內容，引導出主觀判斷

變化　なので／ですので

「だから（所以）」是歸結接續詞中主觀性最強的一個詞。在闡述「P→Q」的因果關係時，「P→Q」有兩種狀況：不涉入寫作者的判斷就會自然連接，以及憑藉寫作者的判斷主觀地進行連接。「だから」是典型的後者。因此「だから」以及其變化我稱之為**主觀接續詞**。

主觀接續詞在後句的句尾常見到指示或要求，所以在重視客觀性的論文等文書中很少使用。

▶ 高額の資産運用にはつねに危険がつきまとう。**だから**、退職金の運用には注意してほしい。　高額的資產運用總伴隨著危險。所以希望大家在動用退休金時能多加小心。（散文性的）

▶ 高額の資産運用にはつねに危険がつきまとう。**そのため**、退職金の運用には注意する必要がある。　高額的資產運用總伴隨著危險。因此在動用退休金時有必要多加小心。（論文性的）

主觀接續詞會有先訂結論，再找理由支持結論的感覺，所以邏輯上可能給人牽強之感。

▶ きみには集中力もないし、勉強しようという気力もない。**だから**、成績が伸びないのだ。　你沒集中力也沒有幹勁讀書，所以成績上不去。

再加上因為「だから」是主觀的，難免有個人情緒。例如「だから、さっきから言ってるじゃん（所以我剛不是說了嗎）」「だから、何度

も言ったのに（所以我說好幾次了）」中的「だから」。這些「だから」可能會傷了讀者的心。

▶ 絶対に失敗すると私にはわかっていた。**だから**、やりたくなかったのだ。　我早就知道絕對會失敗了。所以我才不想幹。

「ですから」是「だから」的敬體形式，可用在更為正式的文章脈絡中。

▶ 土壌汚染は深刻な問題です。**ですから**、市としても目下の対応策を真剣に模索しているわけです。　土壌汙染是嚴重的問題，所以市政府也正積極摸索當前的對策。

「だからこそ（正因如此）」是「だから」加上強調語氣的「こそ（正是）」。可用「しかし、だからこそ（但是，正因如此）」「だからこそ、かえって（正因如此，反而）」等方式，用來加強逆轉的語氣。

▶ 猫は犬と違って、人の言う通りには行動してくれない。**だからこそ**、かわいいのだ。　貓跟狗不同，不會聽人類的指示行動。正因如此才可愛。

「なので（所以）」是最近也會用在書面上的接續詞。由於「だから」聽來頗有獨斷之感，所以想避免給人不良印象時可使用「なので」。「ですので」是敬體形式。

▶ お車ですと渋滞に巻き込まれるかもしれません。**なので／ですので**、電車のご利用をお勧めいたします。　自行駕車可能會遇上塞車，所以建議搭乘電車為佳。

29

順接 歸結　したがって／よって／それゆえ　[必然]

預測前述內容，引導出必然結果

變化　ゆえに／それゆえに

　　「したがって（因而）」與其變化雖然都是歸結接續詞，但不如「だから」這些主觀接續詞這麼主觀。反而是種不參雜主觀、只表示邏輯上必然發生的結果，所以我稱之為**必然接續詞**。由於這兩者性質有所差別，因此「したがって」適合用於一般結論，「だから」則適合引導出個人結論。

▶ 現代は手で文章を書く機会が減っている。**したがって、**漢字の書き方を思いだすのが難しくなっている。　在現代用手寫文章的機會減少了。因而要想起漢字的寫法變得比較困難。（一般結論）

▶ 今は手で文章を書く機会が減った。**だから、**漢字の書き方を思いだせないことが多い。　在現代用手寫文章的機會減少了。所以常常想不起漢字的寫法。（個人結論）

　　必然接續詞用來表示邏輯上的必然，在數學、邏輯學等重視邏輯性的學問中常使用。

▶ 辺aと辺bはいずれも円の半径であり、直角に交わっている。**したがって、**この三角形は直角二等辺三角形である。　邊a與邊b皆為圓的半徑，相交成直角。因而此三角形為等腰直角三角形。

　　「よって（因此）」與「したがって」用法幾乎相同，只是比起「したがって」強調導出結論，語氣上比較緩和。在簡短的、筆記般的文章上常常看見。

▶ 現時点では品質が安定しない。**よって**、評価保留。

現在品質尚不穩定，因此保留評價。

此外，其簡潔的說法也適合用在禮儀性的文章中。

▶ あなたは本大会において、優秀な成績をおさめました。**よって**、これを賞します。　你在本大賽中締造了優秀的成績，因此值得表揚。

▶ 最近、バイクによる事故が多発している。**よって**、バイク通学を禁じる。　最近機車事故頻傳，因此禁止騎機車上學。

「ゆえに（故）」寫成漢字為「**故に**」。因為頗具古風，所以適合用於嚴謹的文章。

▶ 社会福祉とは、すなわち人間の幸せである。**ゆえに**、本製品を社会福祉の分野に役立てることをせつに願う次第である。　社會福祉亦即人類幸福。故深刻期待本產品能於社會福祉之範疇盡一己之力。

「それゆえ（是故）」也適合用在嚴謹文章，常見於提升邏輯上必然性的文句中。

▶ 絵本を幼児に買い与えるのは祖父母のことが多い。**それゆえ**、高齢者の心に届く本作りが、絵本市場でのシェア拡大のカギとなる。　買繪本給幼兒的常是祖父母。是故做出能打動年長者的心的書，是提升繪本市場市占率的關鍵。

「それゆえに」與「それゆえ」相似，更給人理由限定在某種範圍的感覺。

▶ 人間には良心がある。**それゆえに**、思い悩む。
人類有良心。故人類才會煩惱。

順接 歸結 そのため／このため／それで 　原因

前述內容為原因時，引導出結果

變化　そのために／このために／そのためか／で

「そのため（因此）」與其變化適合用來表示前述事項為後述事項的原因，所以稱為**原因接續詞**。「そのために」中的「に」，加強了原因正是這個的含意。

> ▶ あまりの暑さに、旅行中何度かタクシーを利用した。**そのため／そのために**、少し予算をオーバーしてしまった。　天氣實在太熱，旅行中坐了好幾次計程車。因此花費的金額稍微超出了預算。

「そのために」另有表示目的的用法。如「そのためには（為此）」加上「は」後，就必定成為目的用法。

> ▶ 私は自分の会社を作るという夢がある。**そのために／そのためには**、今から努力して資金を貯めなければならない。　我的夢想是自己開公司。為此現在必須努力存下資金。

「そのためか（不知是否因此）」則表達出不清楚原因是否真是如此的懷疑情緒。

> ▶ 昨日は飲み放題でつい飲みすぎてしまった。**そのためか**、今日は何となく胃が重い感じがする。　昨天在喝到飽的店喝太多了。不知是否因此，今天總感覺胃有點不舒服。

「このため（所以）」雖然很像「そのため」，不過有前述事項更貼近現實狀況的特徵，所以「このため」更接近對應的接續詞。「このために」中的「に」與「そのため」一樣，加強了原因正是這個的含意。

▶ 工場への車両の入構規制が厳しい。**このため／このために、**周辺の道路が慢性的に渋滞している。　車輛進入工廠的限制頗為嚴苛，所以周邊道路會慢性阻塞。

「それで（於是）」介於必然接續詞與原因接續詞之間。由於「それ」多指的是原因，所以歸類在原因接續詞這邊。語感上比較不正式，常見於部落格或推特等私人領域。

▶ めったに生徒をほめることがないＡ先生が、私の作文を絶賛してくれた。**それで、**すっかり浮かれてしまった。　鮮少稱讚學生的Ａ老師居然大力讚賞我的作文。於是我高興得飄飄然的。

把「それで」再縮短就是「で」，在口語上尤其是獨白中，是極其常見的一種表達。「で」表示繼續陳述之前的話題。不過「で」完全是口語用詞，若要用在書面上，只有在刻意要營造「如同說話般」的文體時才使用。

▶ 夫のいびきが一晩じゅう止みませんでした。**で、**昨晩一睡もできなかったのです。　丈夫打呼了一整個晚上。於是昨天我又一晚沒睡了。

順接 歸結 おかげで／そのせいで 評價

前述內容為原因時，引導出具評價性的結果

變化 そのおかげで／そのせいか／それだけに

「おかげで（托～的福）」「そのおかげで」有肯定前述內容的傾向，「そのせいで（都是～害的）」「そのせいか（不知是否因此）」則是傾向於否定前述內容，也就是說在因果關係上添加寫作者的評價。我將其稱之為**評價接續詞**。若不想加上正面或負面評價，那麼只要用「そのため」等原因接續詞即可。

因為「おかげで」含有肯定評價，也有對讀者的感謝。因此適合用在信件這種針對特定個人的文章中。「そのおかげで」雖然有指涉特定理由的感覺，但基本上與「おかげで」用法相同。

▶ 会議中の後方支援、ありがとうございました。**おかげで／そのおかげで**、企画が無事通ってほっとしています。 非常感謝您在會議中的支援。托您的福，企劃順利通過，讓我鬆了一口氣。

另一方面，若在負面文章中使用「おかげで」會變成諷刺，必須要多加小心。

▶ 会議前のアドバイス、余計な一言でした。**おかげで**、会議中にかなり厳しいコメントをもらうはめになりました。 你在會議前的建議實在多嘴了。托你的福，會議中我得到了很多苛刻的意見。

「そのせいで」跟「おかげで」相反，表達的是否定評價。相較於「おかげで」對對方表示感謝，「そのせいで」則是向對方追究責任。由於語氣強烈，若要針對讀者的行為使用這個接續詞，也得有相應的覺悟。

▶ 私は職場でひどいいじめに遭いました。**そのせいで**、現在自宅から出ることさえできません。　我在職場遭受了嚴重的霸凌。這個經驗害我現在連家門都走不出去。

「そのせいか」是對原因沒有自信時使用的接續詞，多用在包含後悔的文章中。

▶ 私は若いころスキーに夢中で何度か激しく転倒した。**そのせいか**、寒い時期になると、身体の節々が痛むことが多い。　我年輕時熱衷於滑雪，跌倒了很多次。不知是否因此，現在一到了寒冷的季節，身體各處關節就會痛。

不過「そのせいか」沒有追究責任的語感，所以在不含評價的中立文章脈絡中也可以使用。

▶ 今年は平年よりも少し暖かく感じる。**そのせいか**、桜の蕾も早く膨らみだしたようだ。　感覺今年比往年還溫暖。不知是否因此，櫻花的花苞似乎也已經開始成熟了。

「それだけに（正因如此）」則是在前述為正面評價，後述為負面評價，或反過來前述為負面評價而後述為正面評價等，前後評價有所落差時使用。

▶ 中盤、そして終盤の集中打は見事であった。**それだけに**、初回の大量失点が惜しまれる。　中局與最後的連續得分相當精采。正因如此，一開始的大量失分非常可惜。
▶ 日本代表は守備力に長けているものの、決定力に欠けていた。**それだけに**、開始早々の先取点が大きかった。　日本代表隊雖然擅於防守，但欠缺關鍵一擊的能力。正因如此，開局時先馳得點非常重要。

順接 歸結　その意味で／その点で

慎重

引導出從前述內容推敲出的保守判斷

變化　その意味では／その意味でも／その点では／その点でも

　　要把「その意味で（は／も）（在這個意義上）」「その点で（在這一點上）」歸類為順接接續詞，或許是有些冒險的事，因為這並非明確表示因果關係的用詞。

　　但是這些接續詞在正式文章中使用的頻率也很高，如同「その意味／その点で考えると、そうした結論に行き着く（從這個意義／這一點看，就會得出那種結論）」這樣保守的判斷，應可視為具有因果關係，所以我另設了**慎重接續詞**這個類別。

　　以下將有多個「その意味で」「その点で」的例句，這些都可以跟「だから」「したがって」互換。

▶ いろいろな仕事を経験してきたが、今の仕事以外に長続きしたものは一つもなかった。**その意味で／その点で／だから／したがって**、この仕事は私の天職と言えるかもしれない。　雖然至今為止做過不少工作，但除了現在的工作外沒有一個能做長久的。在這個意義上／在這一點上／所以／因而現在的工作或許可說是我的天職。

▶ 失敗も遠回りも、すべて自分の成長を促す糧であると思う。**その意味で／その点で／だから／したがって**、人生に無駄なことなど一つもない。　失敗跟繞遠路我想都是促進自己成長的糧食。在這個意義上／在這一點上／所以／因而人生其實沒有什麼無用的事。

▶ スポーツには年齢や属性を超えて人を結びつける力がある。**その意味で／その点で／だから／したがって**、スポーツが持つ社会的意義は大きい。　運動可以跨越年齡與特徵，擁有連接每個人的力量。在這個意義上／在這一點上／所以／因而運動所抱持的社會意義非常重大。

37

但是就算可以換成「だから」「したがって」，也不代表意思與「だから」「したがって」相同，因為慎重接續詞並未積極地主張因果關係。

　　若用「その意味で」「その点で」表達前後文有所關連，就表示「別の意味で（從別的意義）」「別の点で（從另外一點）」來看前後文可能就會失去關連了。在這意義上，慎重接續詞可說是避免做判斷的保守說法；若在因果關係上用了「だから」「したがって」就會做出斷定、單方面的判斷，所以慎重接續詞也能說是想慎重行事時很方便的表現。

　　如同「その意味では（單就這個意義）」「その点では（單就這點）」加上「は」的話，就能強調對比，使人更能注意到「別の意味」「別の点」可能做出的其他結論。相反地，如「その意味でも（在這個意義上也）」「その点でも（在這一點也）」加上「も」，則會強調其他觀點也與此雷同，更能突顯語句間的因果關係。另外，還有不加助詞的「その点（就這點）」這種形式，用來強調對比的意涵。詳細請參考第3章之2。

▶ 多くの部下を辞職に追いやった彼も、最終的には会社に切り捨てられ、辞職に追いやられることになった。**その意味では／その点では**、彼も犠牲者の一人だったといえる。　他逼許多部下辭職，最後也被公司捨棄，被迫辭職。單就這個意義／單就這點來看，他也可說是一名犧牲者。

▶ 一日の達成目標を確認し、社員のやる気をアップさせる目的で行っている朝礼は、全員が顔を合わせ、それぞれの体調や気持ちを観察する機会にもなっている。**その意味でも／その点でも**、朝礼は重要な役割を持っていると考える。　朝會的目的是確認今天應達成的目標、提升員工的幹勁，也是所有人能彼此碰面、觀察每個人身體狀況與心情的機會。在這個意義上也／在這一點也能認為朝會扮演著重要的角色。

▶ 都会は便利だが、物価は高く、人間関係も希薄である。**その点、**田舎はいい。新鮮な食材が安く手に入り、人との温かい交流も味わえる。　都會雖然便利，但物價高昂，人際關係也淡薄。就這點看，鄉下很棒。不僅能買到便宜的新鮮食材，也能體會人與人之間溫暖的交流。

そこで／そんなわけで／というわけで

引導出針對前述內容所提示的狀況，來做對策

變化　そういうわけで／ということで

對應接續詞是用來預告針對前述所提示的狀況，來做對策。

最具代表性的就是「そこで（於是）」，不僅使用頻率高，也能表現出各式各樣的對策。第一個例子是寫作者的對策，第二個例子則是讀者的對策。

▶ 約束をしていた友人に朝から何度もメールや電話をしたものの、応答がない。**そこで**、心配になって、家まで行ってみることにした。　雖然我從早上就一直寄簡訊跟打電話給約好的朋友，但沒有回應。於是我開始擔心起來，決定去他家看看。

▶ これまで有志で資金集めに奔走してきましたが、いまだに目標額に達していません。**そこで**、お願いなのですが、皆さんにも少し協力してもらえないでしょうか。　至今為止皆由有志之士奔走、籌措資金，但仍然達不到目標金額。於是我有一個請求，是否能請各位稍微幫助我們呢？

由於「そこで」將有問題的狀況放在前文中，所以讀者可以在期待後續文章脈絡的同時，也能猜測之後將可能做出的對策。

▶ 男性ファッション誌の売上が伸びないのは、女性が好む男性ファッションがわからないからだという声がありました。**そこで**、女性の意見やセンスを取り入れたところ、売上がたちまち２倍になりました。　有人指出男性時尚雜誌之所以銷售不佳，是因為不知道女性喜歡的

男性時尚是什麼。於是在雜誌中採納了女性的意見與品味，銷售數很快地就變成 2 倍。

此外，考量到讀者的知識量，「そこで」也能當成對讀者開始說明的暗號，加強讀者對後續文章脈絡的期待感。

▶ ハイチと言っても、名前しか聞いたことがない人も多いでしょう。**そこで**、ハイチについて簡単に説明しましょう。ハイチ共和国はカリブ海に浮かぶイスパニョーラ島の西部にあり、東部には野球の強いドミニカ共和国があります。 就算提起海地，很多人也只聽過名字吧！於是我在這為各位簡單做個說明。海地共和國位於加勒比海伊斯帕尼奧拉島的西部，東部鄰接棒球大國多明尼加共和國。

「そんなわけで」「そういうわけで」「というわけで」「ということで」（皆表示因此、所以）也都是可用於對應的接續詞。只是它們都包含了「という（所謂）」「そんな（那種）」這些詞形，所以指涉前述文章脈絡的範圍必然較廣。若前述文章脈絡沒有足夠長的狀況說明，語意看起來就容易模糊不清。

▶ 家に帰ったものの、冷蔵庫にはビールがなく、物置きにも買い置きがなかった。**そんなわけで／そういうわけで／というわけで／ということで**、車に乗って、近くの酒量販店までビールを買い出しに出かけることにした。 雖然回到家中，但冰箱沒有啤酒，櫥櫃裡也沒有庫存了。因此／所以我決定開車出門到最近的酒量販店採購啤酒。

すると／その結果(けっか)

讓人從前述內容期待預測的結果

變化　そうすると／そうしたら／そしたら／と／この結果(けっか)／結果(けっか)／その結(けっ)果(か)として／この結果(けっか)として／結果(けっか)として／結果的(けっかてき)に

　　「しょうが湯(ゆ)を飲(の)んだ。だから、身体(しんたい)が温(あた)まった（喝了熱薑茶。所以身體溫暖起來了）」與「しょうが湯(ゆ)を飲(の)んだ。すると、身体(しんたい)が温(あた)まった（喝了熱薑茶。然後身體溫暖起來了）」有什麼不同呢？相較於「だから」已經知道喝了熱薑茶身體就會熱起來，用「すると」則表示說話者並不知道這件事。

　　推移接續詞用來表達後者的因果關係。可說這是一種代表「發現」某事的因果關係；若有推移接續詞，讀者就會期待結果如何，進而繼續閱讀後續的內容。

　　推移接續詞中最有代表性的就是「すると（然後）」，與「そうすると」「そうしたら」「そしたら」意思幾乎相同，有時還會使用「と」這種簡短的說法。

▶外(そと)の様子(ようす)を見(み)ようと窓(まど)を開(あ)けてみた。**すると／そうすると／そうしたら／そしたら／と**、すごい勢(いきお)いで風(かぜ)が吹(ふ)きこんできた。　為了看看外面的樣子開了窗，然後室內就吹進一陣強風。

　　「すると」常見於小說。下個例子引用自夏目漱石《心》。是老師切身感受到K與自己一樣喜歡上小姐，而且發現兩人已越發親密時的場面。

▶その日(ひ)は時間割(じかんわり)からいうと、Kよりも私(わたし)の方(ほう)が先(さき)へ帰(かえ)るはずになっていました。私(わたし)は戻(もど)って来(く)ると、そのつもりで玄関(げんかん)の格子(こうし)をがらり

と開けたのです。**すると**いないと思っていたKの声がひょいと聞こえました。同時にお嬢さんの笑い声が私の耳に響きました。　如果按那天的日程，我應該會比K還早回家才是。我一回來就直接拉開了玄關的格子門。然後我突然聽見我以為不在家的K説話的聲音，同時小姐的笑聲也傳進了我的耳中。

　　如此可知「すると」能自然地使讀者集中在接下來的資訊上。

　　而在說明句中，則常用到含有「結果」這個名詞的表達方式，譬如「その結果」「この結果」「結果」（皆表示結果）。

▶ コンピュータがウイルスに感染してしまった。**その結果／この結果／結果**、職場の同僚や昔の友人・知人など、300人以上の人に迷惑がかかってしまった。　我的電腦感染了病毒。結果給公司同事、以前的朋友、熟人等超過300個人造成了麻煩。

　　另外還有「その結果として」「この結果として」「結果として」或是「結果的に」（意思皆為就結果來說）等副詞。雖然這些都與「（その／この）結果」幾乎相同，不過會傾向以「しかし，（その／この）結果として（可是，就結果來說）」或「ただ，結果的に（不過，從結果來看）」等，與逆接接續詞併用的形式來使用。關於這種二重使用，請參考第7章之2。

▶ この1年、いろいろなダイエットを試してみた。**結果として**、食べる量を控えるのが一番、という単純な結論に達した。　這1年試了各種減肥方法。就結果來説，最好的方法就是控制飲食的量，結論非常簡單。

▶ 記事をねつ造したつもりはない。**ただ、結果的に**、読者に誤解を与えてしまい、遺憾に思う。　我無意捏造假新聞，不過從結果來看，還是令讀者誤解了，我深感遺憾。

ならば／そうなると／だとすると

假定前述內容為真，引導出判斷

變化

それならば／それなら／なら／そうであれば／であれば／そうであるならば／そうであるなら／であるならば／であるなら／それだと／だと／それだったら／だったら／そうなれば／そうなったら／となると／となれば／となったら／そうすると／すると／そうしたら／したら／とすると／とすれば／としたら／とするなら／とするならば／そうだとすると／そうだとすれば／だとすれば／そうだとしたら／だとしたら／そうだとするなら／だとするなら／そうだとするならば／だとするならば

　　假定接續詞又分成這邊所介紹的推論接續詞與下一節的指示接續詞。**推論接續詞**是假定前述內容為真，用來在後續內容中讓讀者預期結果的接續詞。推論的用詞看起來多得眼花撩亂，其實並不複雜。

　　想組出推論接續詞，首先從表示條件的表現「と」「ば」「たら」「なら（ば）」（意思皆為「若、如果」）中選其中一個，接著從述語的「である」「だ」「なる」「となる」「する」「とする」「だとする」（意思皆為「是」）中再選一個。最後再決定要不要在字首放「それ」「そう」（意思皆為「那樣」），共分成 3 個階段。這邊主要整理了最影響接續詞用法的「である」「だ」「なる」「となる」「する」「とする」「だとする」的部分，至於「と」「ば」「たら」「なら（ば）」的差別、「そう」的有無等暫且不論。

　　首先是「である」「だ」的系列。可以寫成「（それ）なら（ば）」「（そう）であれば」「（そう）であるなら（ば）」「（それ）だと」「（それ）だったら」等形式。這邊以「ならば（既然如此）」為代表吧！

　　想表示假設前述內容為真的判斷，這是最簡單的形式。

▶ 人生は一度きりで、途中でリセットはできない。**ならば、**今のこの一瞬を精一杯楽しむしかないのではないか。 人生只有一次，也無法中途重來。既然如此，何不妨盡力享受當下這一刻呢？

接著是「なる」「となる」系列。「そうなると」「そうなれば」「そうなったら」「となると」「となれば」「となったら」歸屬在這一類。這邊以「そうなると（若是如此）」為代表吧！

在「そうなると」的前文常敘述狀況，而在後文表示狀況發生後可能會變成怎樣。

▶ 農産物の関税を極端に引き下げると、安い農産物が大量に輸入されるようになる。**そうなると、**日本の農業は崩壊しかねない。 若極力降低農產品關稅，便宜的農產品就會大量輸入日本。若是如此，日本的農業可能就會崩潰。

最後來看看「する」「とする」「だとする」系列。「（そう）すると」「（そう）したら」「とすると」「とすれば」「としたら」「とするなら（ば）」「（そう）だとすると」「（そう）だとすれば」「（そう）だとしたら」「（そう）だとするなら（ば）」都可歸類於此。這邊以「だとすると（若是如此）」為代表。

「だとすると」表示假定前述內容為真時的判斷。在這點上雖與「ならば」相同，但強烈帶有將思考推進下一個階段，若是接著會發生什麼的語感。

▶ 民主主義を大切にする国は死刑廃止制度へと向かうものである。**だとすると、**日本ははたして民主主義国なのだろうかという素朴な疑問が浮かぶ。 重視民主主義的國家都邁向死刑廢止制度。若是如此，心中就會浮現一個單純的疑問：日本真是民主主義國家嗎？

順接
假定

そうすれば／そうでなければ

指示

前述內容為指示的假定，引導出判斷

變化　そうしたら／そしたら／そうすると／そうしなければ／そうしなか
ったら／そうしないと／でなければ／そうでなかったら／でなかっ
たら／そうでないと／でないと／さもないと／さもなくば

　　有時會看見「～しなさい。そうすれば……（請做～。這樣的
話……）」或是「～しなさい。そうしないと……（請做～。不然的
話……）」等句型。這些都是指示的假定。

　　「～しなさい。そうすれば……」的接續詞部分為肯定形，使句意
成為說話者的提案。「そうすれば」「そ（う）したら」「そうすると」
這三個屬於這一類。

▶ メールで文字化けを避けるにはテキスト形式を活用することが大切
です。相手が HTML 形式で送ってきても、テキスト形式で返信する
ことです。**そうすれば／そうしたら／そうすると**、文字化けによる
トラブルが回避できます。　在信件中為了避免產生亂碼，活用純文字
格式非常重要。就算對方送來 HTML 格式的信件，也只用純文字格式回
覆。這樣的話就能避開亂碼造成的困擾。

　　另一方面，「～しなさい。そうしないと……」的接續詞部分為否
定形，使句意成為說話者的警告。「そうしなければ」「そうしなかっ
たら」「そうしないと」與「そうすれば」「そ（う）したら」「そう
すると」是成對的表現。在這之中，「そうしないと」警告的程度最強。

▶ 一刻も早く持ち場に戻ること。**そうしなければ／そうしなかったら
／そうしないと**、指揮官のいない現場はますます混乱する。　請快
點回到工作崗位。不然的話沒有指揮官的現場會越來越混亂。

46

　　「（そう）でなければ」「（そう）でなかったら」「（そう）でないと」傾向於用在前述內容為主張，後述內容則是其主張根據的情況。下列第一個例子為一般常見的用法，有時也會用在如第二個例子般違反事實的內容。

> ▶ 日本国内の家電メーカーも 20 年後には完全なグローバル対応になるだろう。**そうでなければ**、厳しい競争のなかで生き残れないはずである。　日本國內的家電製造商在 20 年後就能因應全球化了吧！不然的話應該無法撐過激烈的競爭。
>
> ▶ 課長は部下たちにどのような評価をされていたか、熟知していたはずである。**そうでなければ**、部下を切り捨てるような行動には出ていなかっただろう。　課長應該都知道部下是怎麼評價他的。不然的話就不會做出像是切割部下的行動了。

　　當然，也有強烈警告意義的用詞。「でないと（不然）」便是常用的一個。

> ▶ 経費はレシートではなく、手書きの領収書を提出してください。**でないと**、今後いっさい受理しません。　申請經費請勿用發票，請提交手寫的收據。不然今後不再受理申請。

　　「さもないと」「さもなくば」（意思皆為否則）雖然是文言表現，但在現代想發出強烈警告時仍會使用這個詞。

> ▶ プロジェクトのリーダーたる者、つねに前向きな姿勢を見せるべきである。**さもないと／さもなくば**、チームワークが崩れ、部下たちもついてこなくなる。　身為計畫的領導者，應時常表現出積極的態度。否則團隊將難以彼此合作，部下們也無心追隨。

【問題】

下列①～③句子中的逆接接續詞「しかし」「にもかかわらず」「ただ」的語感有什麼不同嗎？

① 今週末は土曜日も日曜日もあいにくの曇り空だった。しかし、日差しも弱く、気温も低めだったので、絶好の行楽日和だったともいえる。　本週末星期六與星期日可惜是陰天。可是由於陽光較弱，氣溫也較低，所以也是適合全家出遊的好天氣。

② 職場内のハラスメント行為は法律で厳しく禁じられている。にもかかわらず、部下にたいする注意や指導という名のもとの職場いじめが後を絶たない。　法律嚴格禁止職場中的各種騷擾行為。即使如此，仍有許多人不斷以提醒、指導部下的名義進行職場霸凌。

③ 今度の新入りは、とにかく仕事が速い。ただ、正確さの面では若干問題がある。　這次的新人工作速度很快。不過在正確與否的層面上有些問題。

　　逆接表示不如預期的結果。正因為是大幅改變文章脈絡的接續詞，所以也難以省略。這邊將逆接接續詞分成三種來進行說明。

　　第一種是齟齬接續詞。齟齬指的是不合、不協調；齟齬接續詞預告了前文所推導出的內容，將與後文呈現的結果有所不同。

　　①即是齟齬接續詞。「あいにくの曇り空（可惜是陰天）」這句話會讓人聯想週末天氣惡劣，所以並不適合出門。

　　然而現實中反而因為陽光較弱、氣溫較低，其實是適合出遊的日子。這樣就能看出前後文有明顯分歧。

逆接一般來說常用在前文正面、後文負面的內容中，不過也有前文負面、後文正面的內容，①正是這種例子；齟齬接續詞跟接下來說明的抵抗接續詞不同，可以自由用在更多樣的場合中。

第二種逆接接續詞是**抵抗接續詞**。抵抗接續詞預告的是本應實現卻沒有實現的結果。寫作者覺得當然會實現的結果最後卻沒有實現，代表寫作者對後述內容有所質疑，我用抵抗這個詞來稱呼這種心情。

②的「にもかかわらず（即使如此）」就是抵抗接續詞。職場內的各種騷擾受到法律嚴格禁止，等於社會也認為這些騷擾是不可以做的事。即使如此，若職場霸凌仍然頻繁發生，就代表現況沒有改善、被棄置不管。寫作者對此事的憤慨，會透過抵抗接續詞表現在後述的內容中。

第三種逆接接續詞是**限制接續詞**。讀者往往會想透過文章所寫的內容去推敲文章沒寫出來的內容，所以可能會擴大解釋。限制接續詞的功能，就是避免讀者擴大解釋。

③的「ただ（不過）」就是限制接續詞，防止「仕事が速い（工作很快）」→「仕事ができる（很會工作）」這種擴大解釋。

しかし／だが／ところが

表示預期與結果不一致

變化　しかしながら／ですが／が／だけれども／ですけれども／けれども
／だけども／ですけども／けども／だけれど／ですけれど／けれど
／だけど／ですけど／けど／それが

　　齟齬接續詞預告了從前文預期的內容，會與後文的結果有所分歧。

　　「しかし（可是）」便是具代表性的一個齟齬接續詞，使用的頻率非常高。「しかしながら」意思幾乎相同，不過多會用在想緩和「しかし」語氣的時候。

▶ 詰め込み教育の反省から生まれたゆとり教育もまた痛烈な社会批判を受けた。**しかし／しかしながら**、その理念はかならずしも誤りではない。　從填鴨教育的反省中誕生的寬鬆教育也受到社會的強烈抨擊。可是，它的理念不見得是錯的。

　　「だが（但是）」是常用於較生硬文章中的接續詞。比「しかし」的對比性強一些，有時可以置換成對比接續詞的「一方（另一方面）」。簡潔形式的「が」或敬體形式的「ですが」也很常用。

▶ 就職活動は、私にとって大きな試練だった。**だが／が**、いい人生経験にもなった。　求職對我來說是一大試煉。但那也成了寶貴的人生經驗。

▶ このあたりは、ほんの 10 年前まで空き地ばかりで、夜は人通りも絶え、怖いくらいでした。**ですが**、今はおしゃれな店が立ち並ぶ目抜き通りになっています。　這附近直到 10 年前都還是一大片空地，夜晚無人往來，感覺很恐怖。但如今潮流名店櫛比鱗次，已成為人聲鼎沸的商圈。

「（だ／です）けれども」「（だ／です）けども」「（だ／です）けれど」「（だ／です）けど」（意思皆為可是）的組合看起來雖然複雜，但在非正式的文章裡，思考成「だが」系列的形式來使用就好。

▶ 仕事をやめるときは、周囲のみんなに反対されました。**けれども／けども／けれど／けど**、後悔はしていません。　辭掉工作時受到周遭的人反對。可是我不後悔。

「ところが（然而）」在齟齬接續詞中也是意外感最強的一個詞，適合想強烈表達結果不如預期時使用。「それが（但是）」的語感也差不多。

▶ 私は一度インターンシップで働いていたので、自社の業務内容はわかっているつもりでいた。**ところが／それが**、いざ正社員として働いてみると、なにもわかっていなかったことを痛感させられた。　我曾來實習過，所以我本來認為我知道公司的業務。然而／但是，真的成為正式員工後，我才深刻了解到過去我什麼都不懂。

如同上一節所說明的，齟齬接續詞可用在前文負面、後文正面的語句中。因此也適合用在譬如「たしかに～かもしれない（的確～也說不定）」「もちろん～だろう（當然～吧）」等前文表示讓步，後文表示寫作者自己主張的讓步句中。關於讓步句，請參考第6章之2。

▶ たしかに数字のうえで売上は伸びている。**しかし**、それが半年後の営業目標の達成を約束するわけではない。　的確單就數字上營業額是有在增長，但不代表這樣就能達到半年後的營業目標。

にもかかわらず／そのくせ／それでいて

表示預期理所當然的結果並未實現

變化 | それにもかかわらず／それなのに／なのに／そのわりに／それでも
／でも

　　抵抗接續詞預告了寫作者覺得當然會實現的結果並未實現。因此抵抗接續詞能把寫作者沒能實現的不滿或焦慮表達得更明確，比齟齬接續詞更有情緒性。雖然一般來說後文多有負面語感，但有時候也可以只表現驚訝或意外感。

　　「（それ）にもかかわらず（即使如此）」可用在論文或報告等正式的文章，是最可能進行客觀描述的一個抵抗接續詞。第一個例子伴隨著情緒上的抵抗感，第二個例子則單純是意外感。

▶ 飲酒運転がきわめて危険であることは社会的に共有され、厳罰化も進んでいる。**にもかかわらず**、飲酒運転はいっこうになくなる気配がない。　酒駕極其危險已是社會共識，罰則也越來越重。即使如此，酒駕事件還是沒有減少的跡象。

▶ 当日は大雨で、気温も低く、肌寒かった。**それにもかかわらず**、コンサートには多くのファンが詰めかけた。　那一天下大雨，氣溫很低，令人頗感寒冷。即使如此，音樂會還是擠滿了粉絲。

　　「（それ）なのに（明明～卻）」「そのくせ（可是）」「そのわりに（即使如此）」可較為直白地表達不滿的情緒。「（それ）なのに」表示難以接受的心情，「そのくせ」則表達責難。「そのわりに」用來表達事物不如期待。

▶ 昨日行ったイタリアンは、料理の種類も量も少ないうえに、味も今ひとつだった。**なのに**、一人 6,000 円も取られた。 昨天去的義大利餐廳明明料理的種類與量都很少，而且味道也不怎麼樣，費用卻還是要一個人 6000 日圓。

▶ 夫は、ふだんまったく人の話を聞かない。**そのくせ**、自分の話を聞いてもらえないとすぐ怒りだす。 丈夫平常都不聽別人的話。可是別人一不聽他的話就馬上發怒。

▶ 官僚組織の非効率性はマスメディアでよく批判の対象となる。**そのわりに**、業務の効率化は遅々として進まない。 官僚組織的低效率已常是媒體的批判對象。即使如此，業務效率化卻遲遲沒有進展。

「それでいて（儘管如此，卻）」表示本來不可能同時成立的事情並存所感到的驚訝。若前文為正面評價，那麼後文也會是正面；相反地若前文是負面評價，那後文也一樣是負面。

▶ ふぐはあっさりとクセがなく、上品な味わいです。**それでいて**、旨味がぎゅっと詰まっていて、クセになるおいしさです。 河豚吃起來清爽沒有異味，味道高雅。儘管如此，風味卻十分甘甜美味，吃到會令人上癮。

▶ 娘は家事もろくにできないし、何かあるとすぐに私に頼ってくる。**それでいて**、親にむかって一人前の偉そうなことを言うので、よけいに腹が立つ。 女兒家事也不會做，有什麼事馬上就依賴我。儘管如此，卻對雙親說些大話，更令人覺得火大。

「（それ）でも（可是）」偏向口語，多用在非正式的文章中，這個傾向「でも」尤其明顯。帶有前文明明可能會使後文的內容發生很大變化，但實際上卻沒有變化的語感。

53

▶ 受験直前の模擬試験でも判定はEだった。**それでも**、息子は第一志望を変えようとはしなかった。　兒子大考前的模擬考判定只有E。可他還是不打算變更第一志願。

▶ 企画書はまだ半分以上が空欄のままである。**でも**、締め切りの関係でもう出すしかない。　企劃書還有一半是空白的。可是期限已到，只好交出去。

ただ／とはいえ／だからといって

逆接 限制

表示避免擴大解釋前述的內容

變化 とはいっても／そうはいっても／とはいうものの／そうはいうもの
の／だとしても／そうだとしても／かといって／されど／されども
／さりとて

　　限制接續詞能限制讀者從前文推測並未寫出的內容，像是為句子套
上鐵圈般，表示雖然這麼說，但沒說到那份上，是種輔助性質比較強的
逆接接續詞。

　　其中「ただ（不過）」的輔助性尤其強烈。如果還要再加強輔助性，
就會寫成「ただし（只是）」。關於「ただし」，請參考第4章之3。

▶ 私の会社は基本的に男女で仕事上の差別はなく、女性にとって働き
やすい職場と言える。**ただ**、やはり女性管理職は少ない。　我的公
司基本上不會對男女在工作上有所歧視，對女性而言是可以放心工作的
職場。不過，女性主管職還是很少。

　　若擴大解釋前文，會覺得這間公司在所有層面上已經實現男女平等
了，可是只要透過「ただ」，就能限制這種擴大解釋。

　　「とはいえ」「とはいっても」「とはいうものの」「そうはいっ
ても」「そうはいうものの」「（そう）だとしても」（意思皆為「話
雖如此」）的用法都幾乎相同。「とはいえ」「だとしても」這種語形
較短的多用在不需修飾的簡潔文章中。「そうはいっても」「そうはい
うものの」等語形較長的，則多用在說明文或其他正式文章中。

▶ すでに内々定は出ていて、明日の最終面接で正式に内定がもらえるらしい。**とはいえ／だとしても**、油断は禁物だ。　他好像已經收到預定會錄取的通知，在明天的最終面試裡就能正式取得內定。話雖如此，仍不可大意。

▶ 「今どき心療内科なんて誰でも通っているよ」と親しい友人からは言われた。**そうはいっても／そうはいうものの**、実際に行ってみるまではどんなところなのか不安で仕方がなかった。　親密的友人説「現在任何人都會去身心內科了」。話雖如此，在實際前往看診前還是會因不知道是什麼樣的地方而緊張得不得了。

「だからといって（就算這麼說）」「かといって（雖然是這麼說但）」表示前文內容並非直接等於後文內容。「だからといって」可防止推論過剩，「かといって」則能呈現對比。為了補充「しかし」的語意，可用「しかし、だからといって」「しかし、かといって」等二重使用的句型。關於二重使用，請參考第7章之2。再者，還有「されど（儘管如此）」「さりとて（話雖如此）」等文言用詞，「されど」與「さりとて」幾乎各自等於「だからといって」以及「かといって」。

▶ 私自身は、社会的には力のない一市民に過ぎないかもしれない。**だからといって／されど**、市民の権利を制限するような法案の通過を黙って見すごすわけにはいかない。　雖然我不過是個沒有力量的小市民。就算這麼説／儘管如此，我也不能眼睜睜看著限制人民權利的法案就這麼通過。

▶ 私はお酒が嫌いではないし、飲みに誘われたら、まず断ることはしない。**かといって／さりとて**、お酒が好きかと言われると、さほど好きなわけでもない。　我是不討厭喝酒，有人邀請去喝我也不會拒絕。雖是這麼説／話雖如此，問我喜不喜歡喝，其實也不是很喜歡。

Column　接續詞用平假名較好嗎？

　　本書盡可能用平假名表記接續詞，譬如把「逆に（相反地）」表記成「ぎゃくに」、把「これに対して（對此）」表記成「これにたいして」。或許有些讀者會不習慣這樣的表記方式。

　　本書之所以用平假名表記接續詞，是因為接續詞並非含有實際意義的實詞，而是用來發揮文法機能的虛詞。與用平假名把虛詞中的複合助詞「に就いて（關於）」「に於いて（在）」表記成「について」「において」是一樣意思。

　　可是日語中還有漢語及和語的差別。漢語是從古代中國傳來的語言，用漢字表記時會讀成音讀。由於多數的漢語寫成漢字會比較好讀，在這個意思裡「ぎゃくに」「これにたいして」的寫法可能會有不協調感。

　　不管要以實詞虛詞為基準，還是以漢語和語為基準，我個人覺得像「一方（另一方面）」「反面（另一方面）」這種二字漢語，或是「その点（就這點）」「思うに（想來）」等感覺還不成熟的接續詞，我就會使用漢字。

　　可是除此之外基本上都用平假名。因為用平假名表記虛詞，相對地名詞等實詞看起來就比較醒目，想快速讀過時只要跟著漢字就能掌握到文章實質的內容。

　　究竟哪些用漢字、哪些用平假名，這就交給寫作者自己決定。所以我建議參考上面兩種基準，寫出自己的風格。

第 3 章

整理接續詞
整理複雜的內容

1 │ 列出相似語句

【問題】

在下列①～③的〔　　　〕裡，從「しかも」「同時<ruby>同時<rt>どうじ</rt></ruby>に」「また」中選一個填入。

①古民家<ruby>古民家<rt>こみんか</rt></ruby>は日本<ruby>日本<rt>にほん</rt></ruby>の風土<ruby>風土<rt>ふうど</rt></ruby>に合<ruby>合<rt>あ</rt></ruby>った建物<ruby>建物<rt>たてもの</rt></ruby>であるが、基礎<ruby>基礎<rt>きそ</rt></ruby>が弱<ruby>弱<rt>よわ</rt></ruby>いという弱点<ruby>弱点<rt>じゃくてん</rt></ruby>がある。〔　　　〕寒<ruby>寒<rt>さむ</rt></ruby>さに弱<ruby>弱<rt>よわ</rt></ruby>いというもう一<ruby>一<rt>ひと</rt></ruby>つの弱点<ruby>弱点<rt>じゃくてん</rt></ruby>も侮<ruby>侮<rt>あなど</rt></ruby>れない。 古民家雖是符合日本風俗的建築物，但有地基不穩的缺點。〔　　　〕無法避寒也是不可小覷的缺點。

②画像<ruby>画像<rt>がぞう</rt></ruby>ファイルのサイズを小<ruby>小<rt>ちい</rt></ruby>さくできる便利<ruby>便利<rt>べんり</rt></ruby>なアプリを見<ruby>見<rt>み</rt></ruby>つけた。〔　　　〕無料<ruby>無料<rt>むりょう</rt></ruby>である。 我發現可以把圖片尺寸縮小的方便 App 了。〔　　　〕是免費的。

③子育<ruby>子育<rt>こそだ</rt></ruby>てとは、いうまでもなく、親<ruby>親<rt>おや</rt></ruby>が子<ruby>子<rt>こ</rt></ruby>どもを育<ruby>育<rt>そだ</rt></ruby>てることである。〔　　　〕親<ruby>親<rt>おや</rt></ruby>が子<ruby>子<rt>こ</rt></ruby>どもとともに成長<ruby>成長<rt>せいちょう</rt></ruby>することでもある。 育兒顧名思義，就是雙親養育孩子的意思。〔　　　〕雙親也會跟孩子一同成長。

　　在本章中將會介紹跟英語「and」意思相當，基本的**並列接續詞**。並列接續詞只有把相似的東西列在一起的單純功能，但這個單純的接續詞卻意外地困難，因為種類很多，而且語感都有微妙差異。

　　並列接續詞分成添加接續詞、累加接續詞、共存接續詞這三種。

　　添加接續詞具有在某段內容後加上相似事物的功能。連兒童也知道、常用在小學生作文中的「そして（然後）」「それから（接著）」便是此類接續詞的代表。但在大人的文章中「また（然後）」壓倒性居多。在所有接續詞中，使用頻率僅次於「しかし」。

①的答案就是「また」。古民家有兩個缺點，其中一個是地基不穩，另一個是無法避寒。「また」可將這兩個缺點當成對等的事物並列在一起。

累加接續詞用來重複評價相通、內容相似的事物。重點是「擁有相同評價」這個部分。不只是表示兩件事相像，還有必要提示「嬉^{うれ}しい（高興）」「面白^{おもしろ}い（有趣）」「悲^{かな}しい（難過）」「難^{むずか}しい（困難）」等等共同的評價。

②的答案是「しかも（而且）」這個累加接續詞。從「便利^{べんり}で無料^{むりょう}（方便且免費）」這個形容可以看出「好用」「值得」等等共同的正面評價。添加接續詞「また」還不至於在前後文共享這種評價，所以較難以使用在這個例句中。

共存接續詞則用來列出同時成立的相似事物。形容同時成立有「かつ（且）」這個接續詞，意思與「または（或）」相反；可以從英語中常常湊成一對的「or」「and」來思考，「または」為「or」，「かつ」則是「and」。

但是「かつ」主要用在連接單字與單字，很少用在連接句子與句子，所以連接句子時使用「同時^{どうじ}に（同時）」這個接續詞。

③的答案就是「同時^{どうじ}に」，表示在育兒中父母養育孩子，而且父母自己也隨著孩子一起成長，兩件事同時並存。

また／それから／そして

從後面加上相似的內容

變化　それと／あと／ほかにも／同様（どうよう）に／それと同様（どうよう）に／同（おな）じように

　　添加接續詞是並列接續詞中最基本的，只有把相似的事物列在一起的功能。其中「また（然後）」最為客觀，能把相似的事物對等並列在一起，在文章中的出現頻率非常高。

▶ 家庭（かてい）から出（で）るごみ対策（たいさく）で有効（ゆうこう）なのは、生（なま）ゴミ処理機器（しょりきき）を使（つか）った生（なま）ゴミの分解（ぶんかい）である。**また**、リサイクルを容易（ようい）にするためのごみの分別（ぶんべつ）も重要（じゅうよう）である。　若想有效處理家庭垃圾，可以使用廚餘機分解廚餘。然後，做好垃圾分類使回收更容易也是很重要的一點。

　　「それから（接著）」雖然很像「また」，但有種從塞滿很多相似東西的袋子中，一個個挑出來的語感，偏向於口語，多用在非正式的文章中。

▶ お正月（しょうがつ）の食（た）べ物（もの）といえば、おせち料理（りょうり）が代表的（だいひょうてき）である。**それから**、お雑煮（ぞうに）、おとそ、おかゆなども欠（か）かせない。　說到過年時的年菜，御節料理最具代表性。接著還有雜煮、屠蘇酒、粥也不可或缺。

　　「それと（接著）」「あと（還有）」比「それから」更隨興，有想到什麼就說的語感。雖然口語常用，但正式文章還是避免使用為佳。

▶ テーブルのうえにあるクリアファイルに入った書類を持ってきてください。**それと／あと**、コピー機に置き忘れた予算の書類もお願いします。 請把放在桌上透明檔案夾裡的文件拿過來。接著／還有麻煩你把放在影印機忘記拿的預算資料也拿過來。

「ほかにも（其他還有）」「同様に（同樣地）」也跟「それと」「あと」類似，有從後面加上的語感。只是隨興的感覺較低，用在稍微正式的文章也沒問題。

▶ 釧路湿原では前から見たかったタンチョウを見ることができた。**ほかにも**、エゾシカやキタキツネも見かけた。 我在釧路濕原看到了之前一直很想看的丹頂鶴。其他還看到了蝦夷鹿跟北狐。

▶ 最近では、コンビニ併設のガソリンスタンドが当たり前になっている。**同様に**、ドトールやプロントといった珈琲店を併設したものも徐々に目にするようになっている。 最近加油站附設便利商店變得理所當然了。同樣地，最近也開始看到有些地方會附設羅多倫或 PRONTO 等咖啡店了。

「そして（然後）」表示歸結點，所以跟對等的接續不同，語感上重點擺在「そして」之後的資訊。

▶ 博多ラーメンは世界展開をしている。ニューヨークにもパリにも多数の店舗が出店されている。**そして**、ロンドンでもソーホー地区を中心に根強い人気がある。 博多拉麵正推廣到全世界。紐約與巴黎新開了許多店家，然後在倫敦也以蘇荷區為中心，廣受歡迎。

另外由於「そして」也能用在時間的歸結點等，使用的範圍很廣泛，所以跟「また」一樣出現頻率很高。

▶ 最後は自らの死を悟ったせいか、穏やかな表情になった。**そして、**家族に見守られつつ、安らかに息を引き取った。　最後他不知是否領悟到自己將死，表情變得非常安詳。然後在家人陪伴下，平穩地嚥下最後一口氣。

並列 累加 そのうえ／さらに／しかも

加上擁有共同評價的相似內容

變化 それに／くわえて／それにくわえて／さらには／おまけに／それも／それどころか／そればかりか／のみならず／ひいては／まして／ましてや／いわんや

累加接續詞特徵是並列共同評價的內容，有接連丟出內容的語感。

「それに（而且）」就是累加接續詞的典型例子，但是比較常用在非正式的文章中。

▶ テストは終わるまでが大変だが、終わったあとの解放感は何ものにも代えがたい。**それに**、点数がよければ、家族も友人も喜んでくれ、幸せな気分になれる。　考試結束前雖然很痛苦，但結束後的解放感無可取代。而且如果分數不錯，家人與朋友也會很開心，感覺很幸福。

想把「それに」用在更嚴謹的文章，就換成「くわえて」「それにくわえて」（意思皆為再加上）。

▶ 冬場はどうしても乾燥しがちである。**くわえて／それにくわえて**、この寒さである。インフルエンザは燎原の火のごとく広がった。　冬季總是乾燥，再加上天氣寒冷。流行性感冒就像燎原之火般傳開。

「そのうえ（在這之上、再加上）」如同字面，是種再疊加類似內容的累加接續詞。

▶ 江戸時代、農民にたいする年貢の重圧が厳しかった。**そのうえ**、何度も大飢饉に襲われた。その結果、百姓一揆が頻発した。　江戸時

65

代，向農民課徵的年貢非常沉重，再加上又遇到多次大飢荒。結果當時頻頻發生農民暴動。

累加接續詞中使用頻率相當高的還有「さらに（は）（而且～更）」。如本章之 3 所說明，也很常用於列舉。

▶ 母を亡くしてつらい状況にある私に定期的に電話をくれる人もいた。また、遠隔地からわざわざ母の思い出を語りに来てくれる人もいた。**さらには**、食事を作る手間を考えて、食べ物をそっと差し入れてくれる人もいた。そのおかげで、つらい時期を何とか乗りきることができた。　痛失母親後有人定期打電話關心我。然後也有人特地從遠方來述說對母親的回憶。而且更有人貼心省下我做菜的時間，悄悄送食物來給我。托大家的福，我總算撐過當時那段艱苦的時期。

「おまけに（而且）」從語感上來看屬於口語用詞。由於只是「おまけ（附贈）」，所以還有「再追加上」的意思。

▶ 渡辺研究室はエレベータのない建物の 4 階、階段からもっとも遠い奥まった場所にある。**おまけに**、研究室のドアのまえにガラクタが堆く積まれていて、入りにくい。　渡邊研究室在那棟沒有電梯的建築物 4 樓，離樓梯最遠的深處。而且研究室門前堆積破銅爛鐵，難進門。

跟「おまけに」一樣有追加的語感，但能用在嚴謹文章的是「しかも」「それも」（意思皆為而且）。

▶ 初めて飲んだビールは泡が抜けていた。**しかも／それも**、生ぬるかった。そんなものがおいしいわけがなく、ビールはまずいものだという固定観点を私は持ってしまっていた。　第一次喝的啤酒沒有氣泡，而且已經溫了，這樣怎麼可能好喝。自此我就對啤酒很難喝抱有先入為主的印象。

「それどころか（不僅如此）」「そればかりか（不只這樣）」「の
みならず（豈止如此）」都帶有「還有其他」的語感。在第6章之4介
紹的「〜だけではない（不只是〜）」「〜にかぎらない（不限於〜）」
「〜にとどまらない（不僅止於〜）」「〜ばかりではない（不只有〜）」
的用法相同。下面的例句是芥川龍之介《他》中使用的「のみならず」。

▶ 彼の妹は妹と云っても、彼よりもずっと大人じみていた。**のみなら
ず**切れの長い目尻のほかはほとんど彼に似ていなかった。　雖説是
他的妹妹，但看來卻比他成熟。豈止如此，除細長的眼角外幾無與他相
像之處。

　「ひいては（進一步説）」與「さらには」類似，帶有追根究柢的
語感。不過較常見到用在句子中間，如下例改為「〜経営を生み、ひい
ては」其實會比較自然。

▶ 大企業が経営破綻しそうになったときのみ、公的資金が投入される
ことにたいしては厳しい批判がある。安易な公的資金の投入が安易
な経営を生む。**ひいては**、経営陣のモラルハザードを引き起こすお
それもあるからである。　只在大企業經營快出問題時，才會嚴格批判
公共資金的投入。馬虎投入公共資金只會造成馬虎的經營。進一步説，
這種做法恐怕會令經營者面臨道德風險。

　「まして（や）（況且）」「いわんや（何況）」稍微老套些，用
於多次否定的表現。

▶ 祖父は、らくらくホンですら使いこなせていない。**ましてや／いわ
んや**、最新型のスマホなど、使えるはずもない。　祖父連樂樂手機都
不太會用，況且／何況是最新的智慧型手機，根本不可能會用。

接續詞之後的逗號，有些人會打，有些人偶爾打，也有不太打逗號的人。至於我則是總是打逗號的人。

第一個理由是為了讓接續詞看起來比較顯眼。接續詞放在句首，有承襲前文、預告後文內容的功能。由於讀者是將接續詞當成線索來掌握文章脈絡，所以若是視覺上不夠醒目，文章就會變得很難閱讀。

另一個理由是理論上，接續詞相當於子句或是句子；若把「頭が痛かったが、仕事に出た（頭很痛，但還是去上班）」拆成2句，就會變成「頭が痛かった。だが、仕事に出た」。這裡「だが」的「だ」是當成「頭が痛かった」來使用的，所以可說「だが」相當於子句。這麼看來，就算接續詞本身很短，內容卻是一整段文句，值得打上逗號來分割。

但這是我自己作為專家的堅持，有時候就算不打逗號也不會影響閱讀。只要讀者可以適當理解，我想就算每個人打逗號的方式不同也沒關係。

並列 共存 かつ／あわせて／同時に

並列同時成立的相似內容

變化　なおかつ／および／ならびに／それとともに／とともに／
それと同時に／と同時に

　　共存接續詞表示相似的內容在同一時間成立。雖然「かつ（且）」
最好懂，但因為「かつ」適合用來連接小單位，所以比起連接句子，更
常見到用來連接詞組與詞組。在下面例句中，改成「～增えており、か
つ、都市部では」的形式其實比較自然。

▶ 近年は異常気象により、集中豪雨が増えている。**かつ**、都市部では
コンクリートやアスファルトで固められ、川が直線的に整備されて
いる。そのため、急激な増水により、大規模な洪水が起こる危険性
が増している。　近年因氣候異常，下大豪雨的次數變多了，且都市區
路面多以水泥與柏油覆蓋，河川則整治成直線。因此一旦劇烈降水，大
規模洪水發生的危險性也比過去來得高。

　　使用「なおかつ（而且）」時前文與後文的評價必須一致，是同時
擁有共存與累加功能的接續詞。

▶ セキュリティの保持についてはどうぞご安心ください。毎日決まっ
た時間に定期的なメンテナンス作業を行っております。**なおかつ**、
突発的なトラブルに備え、24 時間体制の遠隔管理体制を敷いてお
ります。　關於資訊安全請您放心，我們每天都會在固定時間定期進行維
修作業。而且為防範突發性狀況，我們也佈有 24 小時的遠端管理系統。

「および」「ならびに」（意思皆為暨、抑或是）是以法律文件為主，各種文書上不可或缺的重要接續詞。連接比「かつ」更小的單位，如詞組，幾乎很少用來連接句子。

▶ 応募条件は、保育士資格保持者。**および／ならびに、**3 年以上の実務経験者。 應徵條件為擁有保育士證照者。抑或是有 3 年以上實務經驗者。

「あわせて（並）」「それとともに（與此同時）」用來表示同時進行兩項相關事務。

▶ このたび、東京都大田区の羽田空港そばに都内一号店を開店することになりました。**あわせて／それとともに、**インターネット上に楽天市場店を開設し、珈琲豆の直販を開始します。 本次我們將在東京都大田區的羽田機場旁新開設都內一號店。並／與此同時在網路上也開設樂天市場店，開始販售咖啡豆。

「（それと）同時に（同時）」雖用來表示兩個事項共存，但也能用來表示對立內容的共存等，其用途非常廣泛。

▶ 絶滅が危惧される特定生物を保護する活動は自然保護につながる可能性がある。**同時に、**その行き過ぎはかえって自然破壊につながるおそれもある。 保護瀕臨絕種生物的活動可能會達到自然保育的效果。同時，過度執行恐怕也會反過來破壞大自然。

2 ｜ 列出可供對照的事物　對比

【問題】

在下列①～④的〔　　　〕裡，從「反面」「あるいは」「一方」「これにたいして」中擇一填入。

①かつては夫が外で働き、妻が家庭を守る専業主婦モデルが中心だった。〔　　　〕、現在では夫も妻も外で働き、家庭はともに支える共働きモデルが中心となっている。　過去以丈夫在外工作，妻子在家當主婦的模式為主。〔　　　〕，現在以丈夫與妻子都在外工作，一起支撐家庭的雙薪模式為主。

②現政権は政治面では安定した政権運営を続け、一定の支持を得ている。〔　　　〕、経済面ではその財政政策が急激なインフレを進行させ、国民の一部から不安の声が上がっている。　現在的政權在政治上穩定運作，得到一定支持。〔　　　〕，在經濟上其財政政策迫使通貨膨脹加速，使一部分人民感到不安。

③妻は外では人あたりがよく、職場でも信頼されている。〔　　　〕家族には厳しく、夫である私は妻に頭が上がらない。　妻子在外待人親切，於職場上也深受信任。〔　　　〕，對家人嚴格，我作為丈夫實在拿她沒轍。

④彼が素直に謝れないのは照れがあるのかもしれない。〔　　　〕プライドが邪魔をしているのかもしれない。　他沒辦法坦白道歉或許是因為害羞。〔　　　〕，或許是自尊心放不下來。

　　對比接續詞是陳列可供對照的事物，使其差異更為顯著的接續詞。雖然跟逆接接續詞很像，但相較於逆接背後有「～ならば……になると思ったが、……にならなかった（以為只要～就會……但沒有……）」

71

的邏輯，對比則沒有這種思維，只是讓前後差異更為明確而已。

　　對比接續詞又分成以下四種。

　　第一種是**對立接續詞**，用「たい（対）して（對⋯⋯）」的方式突顯出對立的核心。

　　①要填入「これにたいして（對此）」。「これにたいし」「それにたいして」也都無妨。可看出「かつては専業主婦モデル（過去為主婦模式）」「現在は共働きモデル（現在為雙薪模式）」這樣過去與現在的對比變得鮮明許多。

　　第二種是**他面接續詞**，用「一方（另一方面）」「他方（其他方面）」表示前後文有不同的看法。看起來跟「對立」很像，但對立的核心不如對立這麼明顯。

　　②填入的是「一方」。雖然用「これにたいして」也沒關係，但「政治上」「經濟上」與其說是對立的層面，不如說是其他層面，所以用「一方」比較貼近原意。

　　第三種是**反對接續詞**。跟表示事物有兩面的「他面」很像，但「反對」給人這兩面互為表裡的感覺。

　　③填入的是「反面（相反地）」「その反面」「反対に（相反地）」等接續詞。雖然放進「他面」的「一方」「他方」也可以，但這樣會給人只是在講述兩種不同面向的語感。

　　第四種是**選擇接續詞**，跟「對立」「他面」「反對」有些區別。「選擇」表示其他有可能性的選項。

　　④填入的是「あるいは（或者）」，填進「または（或）」「もしくは（或是）」也可以。當有複數選項、難以抉擇其中一個時，就能用選擇接續詞列舉這些選項。

これにたいして／それにたいして

對照兩項事物，突顯對立核心

變化　これにたいし／それにたいし／たいして

　　接續詞如「そして」「それから」「それで」等，一般來說指示詞比較多用「そ」，但只有**對立接續詞**不同。比起「それにたいして（相對地）」，像「これにたいして（對此）」這樣用「こ」的情形比較多。尤其在論文等嚴謹文章中，「これにたいして」頗為顯眼。「これにたいして」應該比較適合說明等正式的文章。請看下列例句。

> ▶ 冬になると、大陸からの冷たい季節風が日本海で水蒸気を得、それが山脈にぶつかるため、日本海側では雪が降ることが多い。**これにたいして**、太平洋側は、雪を降らせたあとの季節風が通り抜けるため、晴れることが多い。　一到冬天，從大陸吹來的冰冷季節風會在日本海獲得水氣，並遭受山脈阻擋，所以日本海一側容易下雪。對此，太平洋一側則因為吹拂釋放完水氣的季節風，所以容易放晴。

　　雖然用「それにたいして」也沒關係，但「これにたいして」比較沉穩。若要用「それにたいして」，那就用在簡短的文章中吧。

> ▶ 冬になると、日本海側では雪が降ることが多い。**それにたいして**、太平洋側は、晴れることが多い。　一到冬天，日本海一側就容易下雪。相對地，太平洋一側則容易放晴。

　　如下列句子這樣羅列名詞時，「それにたいして」會比較恰當。

▶ ライ麦を使ったずっしり感が特徴のドイツパン。**それにたいして、**バターを使わない軽さが特徴のフランスパン。パンの違いに国民性の違いが透けて見え、興味深い。 德國麵包使用黑麥，最大的特徵是沉甸甸的份量感。相對地，法國麵包不用奶油，相當輕軟。從麵包的差異能看出國民性的不同，饒富趣味。

　　請看例句中最後「パンの違いに国民性の違いが透けて見え、興味深い。」這句統整前文的話。用「それにたいして」連接的德國麵包與法國麵包只是國民性差異的一個例子，寫作者的重點並不在那，重點只有這句統整前文的話而已。另一方面，若用「これにたいして」，則會覺得德國麵包與法國麵包的對比是寫作者的重點。「これにたいして」之所以適用於長篇說明文，也有這個原因。

　　「これにたいして」跟「それにたいして」除了對比用法外，也用在後文表示針對前文事項產生的態度或情緒。「これにたいして」多用於現在的狀況，「それにたいして」則多用於過去的經驗。

▶ 結婚式の二次会で男性と女性の会費が異なることがある。**これにたいして、**不満を持つ男性は少なくないだろう。 婚禮續攤時，有時男女的參加費不同。對此應該不少男性覺得不滿吧！

▶ 大学時代、私は大学に行かず、サークルとバイト三昧の生活でした。**それにたいして、**今では多少後悔しています。 大學時代我都沒去上課，忙顧著社團跟打工。對此我現在多少覺得後悔。

　　「たいして（而）」可用於前後文比「それにたいして」的內容還簡潔的文章中。

▶ イギリス人にとって政治は趣味である。**たいして、**フランス人にとって政治は芸術である。 對英國人來說政治是興趣。而對法國人而言政治是藝術。

對比	
他面	**一方／他方**

いっぽう／たほう

對照兩項事物，表示不同看法

變化 一方で／一方では／他方で／他方では／その一方で／その一方では
／そのかたわら

　　表示不同見解的**他面接續詞**中，一般最常用到的是「一方（另一方面）」。「一方」是書寫長篇文章時不可或缺的存在，因為它能連接段落與段落等較長的單位。在這層意義上與並列接續詞的「また（然後）」相像；在表述長句時，「また」用來強調類似之處，「一方」則強調不同之處。在下例中，想強調「本好きにはいろいろいる（有各種愛書人）」的話就用「また」，想強調「古本愛好家と新本愛好家は両立しない（舊書愛好者與新書愛好者不能兼顧）」的話就選「一方」。

▶ 古本が好きな人がいる。値段が安いし、絶版の本でも手に入れることができる。**また／一方**、新本が好きな人もいる。せっかく買うならきれいな本がいいし、他人の触っていた本に抵抗があると感じる人たちだ。　有人喜歡舊書。不僅價格便宜，有時也能買到絕版書。然後／另一方面，也有人喜歡新書。既然都要買就買漂亮的，他們不喜歡別人摸過的書。

　　不需像「これにたいして」對立這麼強烈也能使用，所以常用在對比不明顯的情況。下一個例子因為「馬來西亞」與「印尼」並不一定有對立關係，所以比起「これにたいして」，「一方」似乎更為恰當。

▶ マレーシアは投資先として魅力的である。海外からの投資を受け入れやすい制度やインフラを整備している点が高評価である。**一方**、インドネシアも投資先として魅力的である。何よりも東南アジア最

大の人口に将来性を感じる。　馬來西亞是非常值得投資的地方。馬國政府已整備好適合海外投資的制度以及公共設施，評價極高。另一方面，印尼也是值得投資的地方，畢竟印尼擁有東南亞最多的人口，市場頗具潛力。

「他方（其他方面）」比起「一方」，對立的語感又再更少一些。與其說是強調「還有另一種見解」，不如說只是單純提示別的意見，擁有類似「さて（那麼）」「ところで（是說）」轉換話題的效果。

▶ 母子家庭の平均収入は低い。子育てをしながらではフルタイムの仕事に就きにくいという現実がある。**他方**、離婚時の調停によって支払われることになっていた養育費が、実際には男性の側から踏み倒されるケースも多い。　單親媽媽家庭的平均收入很低，因為難以兼顧育兒與全職工作。其他方面，離婚時協議的贍養費，實際上常常發生男方賴帳的例子。

「一方で（は）」「他方で（は）」這樣加上「で」的形式，傾向於在連接較短單位時使用。

▶ 家計が厳しくて自転車にしか乗れない人がいる。**一方で**、運動不足解消のために自転車に乗りたい人もいる。　有人因為家計貧困只能騎單車。另一方面，也有人為了消除運動不足而想騎單車。

▶ 理科系の素養がなければ製造業のトップは務まらない。**他方で**、そうした素養の不足を文系的な教養で補う人もいる。　沒有理組素養無法擔任製造業的領導者。其他方面，有人則是透過文組知識來填補理組素養不足的問題。

「その一方で」「そのかたわら」（意思皆為另一方面）表示對照事物的共存。

▶ インターネットの普及は人々の知識を増大させた。**その一方で**、考えない人々を生みだしている。　網路普及使人能吸收大量知識。另一方面，也催生了許多不思考的人。

▶ 彼はふだん大学病院で働いている。**そのかたわら**、水彩画をたしなみ、ときどき個展を開いている。　他平常在大學醫院工作。另一方面，他也愛好水彩畫，偶爾會開個展。

對比
反對

反面／半面／ぎゃくに
はんめん　はんめん

對照兩項事物，表示事物的表裡兩面

變化　その反面／その半面／反対に／その反対に／そこへいくと／その点
　　　　はんめん　　　はんめん　　はんたい　　　　　はんたい　　　　　　　　　　　てん

　　反對接續詞用來對照兩種事物，並提示其表裡兩面是成對的。其代表形式「はんめん」有 2 種漢字可用，即為「反面（相反地）」與「半面（另一方面）」。雖然都表示事物的兩面，不過「（その）反面」比較強調事物的光與影、優點與缺點的表裡性質。相對地「（その）半面」則強調針對某種事態時會出現的兩種層面，多用在符合事實而且客觀的敘述中。

▶ 経済的に余裕のある人は、安全性の高い高級車・大型車が購入できる。**（その）反面**、経済的に余裕のない人は、燃費はよいが安全性に劣る軽自動車を買うことになる。　經濟富裕的人可以買安全性高的高級車與大型車。相反地，經濟能力不足的人會買省油、但安全性較差的小客車。

▶ 円安の進行は、輸出が増えるため、国内の製造業者にとっては喜ばしい。**（その）半面**、輸入品の価格が上がるため、国内の輸入業者にとっては打撃である。　日圓貶值使出口增加，所以對國內製造業者來說是好消息。另一方面，因為進口貨價格上漲，所以對國內進口業者來說是一大打擊。

　　「（その）反対に（相反地）」跟「（その）反面」相似，但前後文的評價不一定要一正一負。

▶ 水餃子は皮が厚く、もっちりしたものが好まれる。**反対に**、焼き餃子は皮が薄く、焼いたときぱりぱりした食感になるものが好まれ

る。 水餃是皮厚又飽滿的比較受歡迎。相反地，煎餃是皮薄、吃起來口感香酥的比較受歡迎。

　「ぎゃくに」是使用頻率最高的反對接續詞。只要覺得前後關係在某種意義上相反，就能使用「ぎゃくに」，用途相當廣泛。但是也因為用途廣泛，濫用的情形也很多，在口語中常聽到有人說了「ぎゃくに」，但後文卻完全沒有相反關係。在書面上使用「ぎゃくに」時，必須確認前後文關係是否相反。

▶ 恋愛対象としては、決断力があり、自信に満ちた男性が魅力的に映る。**ぎゃくに**、結婚相手としては、自分の判断を尊重してくれる、優しい男性がすてきに見えるものである。 若當成戀愛對象，判斷果決又充滿自信的男性看來比較有魅力。相反地，若當成結婚對象，能尊重自己判斷的溫柔男性看起來更好。

　「そこへいくと（關於這點）」或「その点（在這一點）」，比較常見於前文為負面、後文為正面評價的語句中；前文指出某個對象的問題點，後文則提示另一個能解決此問題的其他對象。

▶ 洋食器のフォークやスプーンは、見た目には輝いていて美しいが、金属製で冷たい感じがする。**そこへいくと**、和食器の箸は、派手さはないが、一つ一つに個性があり、手に温もりが感じられる。 西方餐具如叉子或湯匙，雖然看起來熠熠生輝，但因是金屬製所以也給人冰冷感。關於這點，日本餐具的筷子雖然不華美，但每雙筷子都有自己的特色，能在手中感覺到溫暖。

▶ 持ち家は、財産としては価値があるが、何かあったときに処分するのが大変だ。**その点**、賃貸は気楽でよい。 自宅雖然有財產上的價值，但發生什麼時要處理就很麻煩。在這點上，租屋比較自在。

または／もしくは／あるいは

列出有可能性的選項

變化　ないし／ないしは／それとも

　　為了讓讀者能正確把握多個選項的關係，在日語中**選擇接續詞**相當發達。「または（又は）（或）」是陳列選項時最常見的接續詞。想舉出對等的相似內容、使前後文能夠對稱時，就使用「または」。

> ▶ 一橋大学へは、中央線国立駅下車で徒歩約 8 分。**または**、南武線谷保駅下車で徒歩約 20 分です。　欲前往一橋大學，可搭中央線至國立站下車，徒步約 8 分。或搭乘南武線至谷保站下車，徒步約 20 分。

　　「もしくは（若しくは）（或是）」很像「または」，不過會成為前文為主，後文為輔的關係。在上記例句中若將「または」改成「もしくは」，就會感覺要去一橋大學的話，利用國立站的路線最普遍，只是還有谷保站的路線這個方法。

　　下例中「もしくは」之後銜接次好的方法。

> ▶ ご不明な点は下記のお問い合わせフォーム、**もしくは**、お電話にて承ります。　若有不明處請填寫下記客服表單，或是致電我們詢問。

　　另外「または」與「もしくは」在法律領域中是時常成為問題的語彙。雖然兩個都是「or」，但「または」為上級用法，「もしくは」為次級用法。譬如日本國憲法第 38 條第 2 項中就有這個包含關係，「若しくは」連接（　）符號，「または」連接｛　｝符號。

▶ {（強制）、（拷問）**若しくは**（脅迫）による自白} 又は {不当に長く（抑留）**若しくは**（拘禁）された後の自白} は、これを証拠とすることができない。 {以（強迫）、（拷問）或是（威脅）所得口供} 或 {藉非法長期（拘留）或是（拘禁）所得口供}，均不得作為證據。

「ないし（は）（乃至（は））（或是）」一般連接名詞等短語，很少用來連接句子。

▶ 抗議文を提出するか。**ないしは**、泣き寝入りするか。そのいずれしかないだろう。 看你是要提出抗議書，或是躲進被子哭。選項只有這兩個。

「あるいは（或いは）（或者）」有在腦中思考選項、並把有可能性的選項依序排出的語感。「あるいは」跟「または」相同，都是很常用的接續詞。

▶ 最近体重が増えたのは、酒量が増えたためかもしれない。**あるいは**、おつまみのカロリーが高いのかもしれない。 最近體重會增加，說不定是因為酒喝多了。或者是下酒菜的卡路里太高了。

「それとも（還是說）」雖然跟「あるいは」很像，但比起在腦中思考候補答案，更將重點放在提示其他答案。另外，原則上前後文句末都用疑問終助詞「か」結尾。

▶ 先方の一時停止違反で車をぶつけられたのですが、先方の保険で修理可能なのでしょうか。**それとも**、自分の保険で修理しないといけないのでしょうか。 因為對方違規臨停我才撞上去，所以我能用對方的保險修理嗎？還是説，我得用自己的保險修理呢？

【問題】

下方劃線部分的接續詞「また」因為連續出現，文章顯得單調難讀。我們可以怎麼修改呢？

「ハラスメント」という言葉は、「○○ハラ」という形で広く使われています。もっとも有名なのが「セクハラ」で、性的嫌がらせなどと訳されます。<u>また</u>、会社内での「パワハラ」は、契約社員、派遣社員などの非正規雇用の増加によって定着しました。<u>また</u>、妊娠・出産につながる「マタハラ」も流行語になりました。<u>また</u>、お酒が飲めない人にアルコールを強要する「アルハラ」もよく耳にするようになっています。 「harassment（騷擾）」現在以「○○騷擾」的形式廣為流傳。最有名的是「性騷擾」，也譯作性煩擾等等。然後公司內發生的「職權騷擾」，因契約員工與派遣員工等非正式僱用員工的增加而使這個詞定型。然後與懷孕、生產有關的「懷孕騷擾」成了流行語。然後強迫不會喝酒的人喝酒的「酒精騷擾」最近也很常聽到了。

在問題的文章中，列舉了多種騷擾。從讀者來看，並列接續詞「また」接二連三地跳出來，造成閱讀上的負擔。換句話說，雖然並列接續詞用在對象只有兩項時很清楚，但三項以上也用並列接續詞就會使文章混亂，變得難以閱讀。這時候我們該怎麼辦呢？

最方便的，就是使用**列舉接續詞**了。列舉接續詞是為了在文章中條列事項所產生的接續詞。

最簡單的就是像「第一に（第一）」「第二に（第二）」這樣標上號碼的**號碼接續詞**。若有這個接續詞，列舉的事項便一目瞭然，讀者能

夠輕鬆按順序往下閱讀內容。

▶「ハラスメント」という言葉は、「○○ハラ」という形で広く使われています。**第一に**、もっとも有名な「セクハラ」があり、性的嫌がらせなどと訳されます。**第二に**、会社内での「パワハラ」があり、契約社員、派遣社員などの非正規雇用の増加によって定着しました。**第三に**、妊娠・出産につながる「マタハラ」があり、これも流行語になりました。**第四に**、お酒が飲めない人にアルコールを強要する「アルハラ」があり、よく耳にするようになっています。「harassment（騷擾）」現在以「○○騷擾」的形式廣為流傳。第一，最有名的是「性騷擾」，也譯作性煩擾等等。第二，公司內發生的「職權騷擾」，因契約員工與派遣員工等非正式僱用員工的增加而使這個詞定型。第三，有與懷孕、生產有關的「懷孕騷擾」，這也成了流行語。第四，有強迫不會喝酒的人喝酒的「酒精騷擾」，最近也很常聽到了。

　　不過還有別的方法可用。就是用「まず（首先）」→「つぎに（接著）」→「さらに（還有）」→「そして（然後）」的方式串連起來。這些稱為**序列接續詞**。

▶「ハラスメント」という言葉は、「○○ハラ」という形で広く使われています。**まず**、もっとも有名なのが「セクハラ」で、性的嫌がらせなどと訳されます。**つぎに**、会社内での「パワハラ」は、契約社員、派遣社員などの非正規雇用の増加によって定着しました。**さらに**、妊娠・出産につながる「マタハラ」も流行語になりました。**そして**、お酒が飲めない人にアルコールを強要する「アルハラ」もよく耳にするようになっています。「harassment（騷擾）」現在以「○○騷擾」的形式廣為流傳。首先，最有名的是「性騷擾」，也譯作性煩擾等等。接著，公司內發生的「職權騷擾」，因契約員工與派遣員工等非正式僱用員工的增加而使這個詞定型。還有與懷孕、生產有關的「懷

孕騷擾」，這也成了流行語。然後，強迫不會喝酒的人喝酒的「酒精騷擾」最近也很常聽到了。

　　另有「最初に（一開始）」→「ついで（隨後）」→「つづいて（接著）」→「最後に（最後）」的串連方法。我將這些稱之為**順序接續詞**。不過順序接續詞若無時間先後或排名等、在順序上沒有關係就無法使用，所以不適合用在本節問題的文章中。

列舉 號碼	第一に・第二に・第三に

だいいち　　　だいに　　　だいさん

把沒有順序的事項依序標上號碼

變化　一つめに・二つめに・三つめに／一つは・もう一つは／一つには・もう一つには

　　列舉接續詞中第一個介紹的是**號碼接續詞**。只要加上數字就好，其中以「第一に」「第二に」「第三に」與「一つめに」「二つめに」「三つめに」這兩種組合最具代表性。前者可用於正式文章，後者則用在不那麼正式的文章中。

▶ 第二次世界大戦の資料をワシントンＤＣで調べられる場所は３箇所だ。**第一に**、ペンタゴン資料部。**第二に**、大統領記念図書館。**第三に**、国立公文書館である。　想在華盛頓哥倫比亞特區調查第二次世界大戰的資料可以去３個地方。第一是五角大廈資料部。第二是總統圖書館。第三是國家檔案館大樓。

▶ 大阪大学を選んだ理由は、**一つめに**、国立で学費が相対的に安い。**二つめに**、家から電車通学が可能である。**三つめに**、旧帝大で理科系が強く、研究費が潤沢そうだからだ。　我選讀大阪大學的理由，第一是國立大學學費相對便宜。第二是可從家中坐電車通學。第三是舊帝大時理科很強，研究經費可能比較充裕。

　　另外還有不當接續詞而當名詞的用法。先將這個學起來並不吃虧。

▶ 秘書の私にコーヒーを淹れさせる上司の神経が理解できない。**一つめの理由は**、コーヒー作りは秘書の業務ではない。**二つめの理由は**、私は上司の妻ではない。**三つめの理由は**、私はそもそもコーヒーを飲まないので、ついでに淹れることがない。　我無法了解叫我這

個秘書泡咖啡的上司腦中在想什麼。第一個理由是，泡咖啡不是秘書工作。第二個理由是，我不是上司老婆。第三個理由是，我根本不喝咖啡，所以也不是順便幫忙泡。

　　若列舉事項只有兩個，就用「一つ（に）は（其中一個）」「もう一つ（に）は（另一個）」來表達。

▶ 犬の毛のブラッシングには二つの意味があると考えられます。**一つには、犬の毛を美しくみせることができます。もう一つには、**イヌの皮膚を清潔に保ち、皮膚病の発見にもつながります。　幫狗梳毛有兩個意義。其中一個是讓狗毛看起來更漂亮。另一個是保持狗的皮膚清潔，也能盡早發現皮膚病。

　　使用號碼接續詞要注意的是，只能用在順序上沒有關係的事項。譬如已經按時間來排序的事情，就不會再多加「第一に」「第二に」「第三に」或是「一つめに」「二つめに」「三つめに」這些形容。在下例中，可以了解上面的例文比下面的例文來得不自然許多。

▶ コースのメニューを選ぶ場合、メニューを渡されたら、**第一に／一つめに、**メインの肉料理・魚料理を決める。**第二に／二つめに、**メインに合ったオードブルを選ぶ。**第三に／三つめに、**メインとオードブルに合ったワインを注文すると、コースのバランスがよくなる。　在挑選套餐菜色時，拿到菜單，第一選擇主菜的肉料理或魚料理。第二，選擇適合主菜的前菜。第三，選擇適合主菜與前菜的酒品，這樣套餐的營養就會很均衡。

▶ コースのメニューを選ぶ場合、メニューを渡されたら、**最初に／まず、**メインの肉料理・魚料理を決める。**つづいて／つぎに、**メインに合ったオードブルを選ぶ。**最後に／そして、**メインとオードブルに合ったワインを注文すると、コースのバランスがよくなる。　在

挑選套餐菜色時，拿到菜單，一開始／首先選擇主菜的肉料理或魚料理。
接著，選擇適合主菜的前菜。最後／然後，選擇適合主菜與前菜的酒品，
這樣套餐的營養就會很均衡。

列舉 順序 最初に・ついで・最後に

把有順序的事項依序列舉出來

變化　はじめに・つづいて・そのあと・おわりに／おしまいに

　　順序接續詞適合用於想表達某種順序。從前面「套餐菜單」的例子中，可以知道順序接續詞與依照時間順序排列的語句非常相配。

▶ 第2志望の会社の一次試験を受けた。**はじめに**、マークシート式の能力検査。**ついで**、性格検査。**おわりに**、面接があった。一次は無事通過し、二次面接に進むことができた。　我接受了第2志願的公司的第一次測驗。一開始是劃卡式的能力審查，接著是個性審查，最後則有個面試。我現在平安度過第一次測驗，可以進行第二次面試了。

　　也適合用在形容排位等情況。

▶ 社内の運動会でリレー戦があった。**最初に**、営業部が持ち前の脚力を生かしてゴールテープを切った。**ついで**、若者の多い総務部が全力でゴールに飛びこむ。**つづいて**、経理部がチームワークのよさを生かしてゴール。**おしまいに**、運動不足の中年が多い人事部が息を切らしてゴールした。　公司運動會辦了接力賽跑。起初，業務部活用了他們強勁的腳力率先衝過終點線。再來是年輕人很多的總務部全力撲進終點。接著，會計部發揮擅長的團隊合作抵達終點。到了最後，有很多運動不足中年人的人事部，終於氣喘吁吁地跑過終點。

　　在明記數值的排行中也能使用。這時候「最初に」「はじめに」等接續詞比較不好放進語句中。列舉接續詞沒有全部湊齊也沒關係。

▶ 面積の大きい国ランキング。もっとも大きいのは 1,710 万 km² のロシア。**ついで**、998 万 km² のカナダ。**そのあと**、963 万 km² の米国、960 万 km² の中国と続く。しかし、カナダ、米国、中国の面積は僅差であり、ほぼおなじ大きさと考えてよいだろう。　這是國土面積大小的名次。最大的是 1710 萬 km² 的俄羅斯。接著是 998 萬 km² 的加拿大。在這之後是 963 萬 km² 的美國，以及 960 萬 km² 的中國。但加拿大、美國、中國的面積只有微小差距，可以想成大小幾乎一樣。

順序接續詞跟號碼接續詞相反，不能用在沒有必然順序的事項上。從下列例子中就可以感覺到語句生硬奇怪。

▶ 大阪大学を選んだ理由は、**最初に**、国立で学費が相対的に安い。**つづいて**、家から電車通学が可能である。**最後に**、旧帝大で理科系が強く、研究費が潤沢そうだからだ。　我選讀大阪大學的理由，起初是國立大學學費相對便宜。接著是可從家中坐電車通學。最後是舊帝大時理科很強，研究經費可能比較充裕。

不過有時候也會出現不論解釋成有順序還是沒順序都相通的情況，這時候想用順序接續詞還是號碼接續詞都可以。

▶ パリパリした歯ごたえのサラダを作るにはコツがある。**最初に／一つめに**、野菜を氷水で冷やすこと。**ついで／二つめに**、水気をしっかり切ること。**最後に／三つめに**、冷蔵庫に入れて冷やすことである。　想做出清脆爽口的沙拉是有訣竅的。一開始／第一，用冰水冰鎮蔬菜。接著／第二，徹底瀝乾水分。最後／第三，放進冰箱冷藏。

まず・つぎに・さらに

不論事項有沒有順序性，都加上順序列舉出來

變化　まずは・さらには・そして

前述兩種號碼接續詞與順序接續詞，會隨著陳述事項之間的順序有無，而決定其用法適不適當。但是**序列接續詞**兩種情況都能使用，所以非常方便。

下方是沒有必然順序的例子。同時併記號碼接續詞「<ruby>一<rt>ひと</rt></ruby>つめに」「<ruby>二<rt>ふた</rt></ruby>つめに」「<ruby>三<rt>みっ</rt></ruby>つめに」。

▶ <ruby>赤<rt>あか</rt></ruby>ちゃんがはいはいできるようになったときに<ruby>気<rt>き</rt></ruby>をつけること。**ま
ず／<ruby>一<rt>ひと</rt></ruby>つめに**、<ruby>落<rt>お</rt></ruby>ちているものに<ruby>気<rt>き</rt></ruby>をつける。<ruby>煙草<rt>たばこ</rt></ruby>の<ruby>吸殻<rt>すいがら</rt></ruby>などは<ruby>命<rt>いのち</rt></ruby>
に<ruby>関<rt>かか</rt></ruby>わりますので<ruby>注意<rt>ちゅうい</rt></ruby>して。**つぎに／<ruby>二<rt>ふた</rt></ruby>つめに**、<ruby>触<rt>ふ</rt></ruby>れるものに<ruby>気<rt>き</rt></ruby>を
つける。コンセントやストーブはとくに<ruby>危<rt>あぶ</rt></ruby>ないです。**さらに／<ruby>三<rt>みっ</rt></ruby>つ
めに**、ぶつかりそうなところに<ruby>気<rt>き</rt></ruby>をつける。テーブルの<ruby>角<rt>かど</rt></ruby>やトイレ
のドアなどに<ruby>気<rt>き</rt></ruby>を<ruby>配<rt>くば</rt></ruby>ります。　小寶寶開始會爬時，要多加小心。首先
／第一，要小心掉落的東西，菸蒂等東西會致命，所以請務必注意。接
著／第二，小心寶寶碰得到的東西，插頭、火爐等特別危險。還有／第
三，小心寶寶會撞到的地方，桌角或廁所的門都要多做防範。

而在下面的例子中，事項則有必然的順序。同時併記順序接續詞「<ruby>最初<rt>さいしょ</rt></ruby>に」「ついで」「つづいて」。

▶ <ruby>先日<rt>せんじつ</rt></ruby><ruby>紅葉<rt>もみじ</rt></ruby><ruby>狩<rt>が</rt></ruby>りを<ruby>目的<rt>もくてき</rt></ruby>に<ruby>京都<rt>きょうと</rt></ruby>のお<ruby>寺<rt>てら</rt></ruby>を<ruby>訪<rt>おとず</rt></ruby>れました。**まず／<ruby>最初<rt>さいしょ</rt></ruby>に**<ruby>訪<rt>おとず</rt></ruby>れ
たのが、<ruby>清水寺<rt>きよみずでら</rt></ruby>。<ruby>清水<rt>きよみず</rt></ruby>の<ruby>舞台<rt>ぶたい</rt></ruby>から<ruby>見<rt>み</rt></ruby>る<ruby>紅葉<rt>こうよう</rt></ruby>は<ruby>絶景<rt>ぜっけい</rt></ruby>でした。**つぎに
／ついで**<ruby>訪<rt>おとず</rt></ruby>れたのが、<ruby>湯豆腐<rt>ゆどうふ</rt></ruby>で<ruby>有名<rt>ゆうめい</rt></ruby>な<ruby>南禅寺<rt>なんぜんじ</rt></ruby>。<ruby>紅葉<rt>こうよう</rt></ruby>と<ruby>枯山水<rt>かれさんすい</rt></ruby>の<ruby>取<rt>と</rt></ruby>
り<ruby>合<rt>あ</rt></ruby>わせが<ruby>絶妙<rt>ぜつみょう</rt></ruby>でした。**さらに／つづいて**<ruby>訪<rt>おとず</rt></ruby>れたのが、<ruby>醍醐寺<rt>だいごじ</rt></ruby>。

豊臣秀吉が紅葉狩りを夢見た紅葉で、その美しさに圧倒されました。 前陣子為了賞楓造訪了京都的寺廟。首先／一開始造訪的是清水寺。從清水舞台看過去的楓葉實在絕美。接著／再來造訪的是，以湯豆腐聞名的南禪寺。楓葉與枯山水的配色實在絕妙。然後／繼續造訪的是醍醐寺。那裡有豐臣秀吉曾夢想期待欣賞的楓葉，我也被其美麗所深深撼動。

　　不論順序有無都能使用的序列接續詞，還可以跟號碼接續詞或順序接續詞合併使用。下面是報知新聞的文化社會部記者北野新太先生所著，有關新聞記者興味的文章中一節。

▶新聞記者として送る日常には時々、心が震えるような瞬間が訪れる。そのような瞬間には、大きく分けて4つの段階がある。 在新聞記者的生活中，總有些撼動人心的瞬間。那些瞬間大致可分為4個階段。

まず、特別な人と出会う瞬間。 首先，是與特別的人相遇的瞬間。

次に、特別な人と特別な時間や場所、あるいは場面を共有したと思える瞬間。 接著，是感覺正與特別的人共享特別的時間、場所，或是某種場面的瞬間。

続いて、特別な人から特別な言葉を聞いた瞬間。 然後，是聽到特別的人告訴你特別的話的瞬間。

そして最後に、特別な人と出会い、特別な時間や場所、あるいは場面を共有し、特別な言葉を聞いたことを、誰かに伝えたいと思う瞬間である。 而到最後，是想把與特別的人相遇、共享特別的時間、場所、或是場面、聽到特別的話這些事，告訴某個人的瞬間。

（http://www.mishimaga.com/isasaka-kouki/040.html）

這是令人印象深刻的列舉接續詞用法。這時候重要的是活用預告的句子。以列舉為例，若不事先充分告訴讀者接下來要陳列什麼，列舉的效果就無法發揮。在上記例文中，「新聞記者<ruby>新聞記者<rt>しんぶんきしゃ</rt></ruby>として<ruby>送<rt>おく</rt></ruby>る<ruby>日常<rt>にちじょう</rt></ruby>には<ruby>時々<rt>ときどき</rt></ruby>、<ruby>心<rt>こころ</rt></ruby>が<ruby>震<rt>ふる</rt></ruby>えるような<ruby>瞬間<rt>しゅんかん</rt></ruby>が<ruby>訪<rt>おとず</rt></ruby>れる。そのような<ruby>瞬間<rt>しゅんかん</rt></ruby>には、<ruby>大<rt>おお</rt></ruby>きく<ruby>分<rt>わ</rt></ruby>けて 4 つの<ruby>段階<rt>だんかい</rt></ruby>がある。」這 2 句前導文發揮了效用，使讀者開始預測「撼動新聞記者的心的 4 個階段是什麼」，藉此與接下來每一個階段的內容及接續詞，一同在讀者心中留下深刻印象。

第 4 章

理解接續詞
貼近讀者的理解

【問題】

在下列①〜④的〔　　　　〕中，從「ようするに」「というか」「すなわち」「むしろ」中選擇一個填入。

① 2016 年以降に 57 歳になった方が対象です。〔　　　〕、1959 年以降生まれの方が対象になります。　對象是 2016 年之後滿 57 歲的人。〔　　　　〕，1959 年之後生的人將成為對象。

② 休日は、仲間とゴルフをしたり、家族とおいしいものを食べに行ったり、一人でうちでごろごろしたりしている。〔　　　〕、好きなことしかやっていないわけだ。　假日會跟朋友去打高爾夫，或跟家人去吃好料的，又或是在家一個人無所事事。〔　　　　〕，只做自己喜歡的事。

③ 甲子園で活躍することは今や球児の目標でも終わりでもない。〔　　　〕、プロで活躍するための始まりでしかないのである。　活躍於甲子園已不是當今年輕球員的目標或是終點了。〔　　　　〕，只是為了成為職業選手的起點而已。

④ 昨日引っ越しが終わりました。〔　　　〕、今も引っ越しの後片付けが続いています。　昨天剛搬完家。〔　　　　〕，現在還在繼續整理東西。

　　換言接續詞可在後文將前文的內容，在保持內容一致的同時，換個說法讓讀者更容易理解。

　　換言接續詞依照變換說法，還可以分成加工接續詞與代替接續詞這兩種。

　　加工接續詞是將前述內容做些更動，轉換為其他表現的接續詞。

　　①填入的是「すなわち（也就是說）」。「すなわち」用來表達前文與後文內容幾乎一樣。「2016 年以降に 57 歳になった方」與「1959 年以降生まれの方」雖然表現不同，但想陳述的意思是一樣的。

　　②填入的是「ようするに（要するに）（總而言之）」或是「ようは（要は）（總之）」。跟「すなわち」相比雖然前後文內容相差很多，加工的程度相當高，但在廣義上仍屬於加工接續詞。

　　另一方面，**代替接續詞**則是否定前述的文章脈絡，並用更為貼切的表現來代替。相近於英語的「not ～ but......」。

　　③填入的是「むしろ（與其）」。若在甲子園有成績「已不是年輕球員的目標與終點」，那就用「むしろ」來連結後文，點出「活躍於甲子園」的真正意義。

　　雖然③的前述文章脈絡是否定句，但④的前述文章脈絡則是肯定句。在③雖然是用接續詞承接受到否定的文章脈絡，但④中接續詞否定了前文，更提示了新的內容。擁有這種功能的接續詞是「というか（說起來）」，可以填入④中。

すなわち／つまり／ようするに

對前述的內容做更動，轉換成別的表現

變化 いいかえると／換言すると／ということは／ようは／いわば／
いってみれば／いわゆる

加工接續詞是對前文進行某種程度的加工，轉換成其他表現的接續詞。其中加工的程度又分成三個階段。

加工的程度	弱	中	強
	すなわち	つまり	ようするに

首先加工程度最弱的有「すなわち（也就是說）」「いいかえると（換句話說）」「換言すると（換言之）」等。特徵是連接前後文並視之為相同意思，擁有很高的邏輯性，不加入個人的詮釋。

> ▶ 世界の推計人口は、2015 年現在、6,945,566,097 人。**すなわち**、約 70 億人です。　2015 年現在，世界人口估計有 6,945,566,097 人。也就是說約 70 億人。
>
> ▶ 成人病予防は生活習慣の改善が必要である。**いいかえると／換言すると**、食生活と運動不足の改善が決め手である。　為預防生活習慣病，必須改善生活習慣。換句話說／換言之，飲食與運動不足的改善是關鍵。

接下來是加工程度中等的接續詞「つまり（亦即）」「ということは（也就是說）」。特徵是為了讓讀者更好理解，在必要範圍內加入個人詮釋。或許是因為換言的程度適中，所以「つまり」的使用頻率在所有接續詞中也算是相當高的。

▶ 大雨のさい、田んぼは一時的に雨水を溜め、徐々に排出します。**つまり**、田んぼはダムの役割をしているわけです。　下大雨時，水田可以暫時蓄積雨水，之後再慢慢排出。亦即水田發揮了類似水壩的功用。

▶ ダフ屋は要らない人からチケットを買い、それを要る人に売っている。**ということは**、違法ではあるが、観客動員数を増やす役割を果たしていることになる。　黃牛向不需要的人買票券，再賣給有需要的人。也就是説，雖然黃牛違法，但也增加了來場的觀眾人數。

　　然後是加工程度最強的接續詞「ようするに（總而言之）」「ようは（總之）」。由於邏輯有些跳躍，所以前後文乍看之下不是相同內容，不過仔細看就會發現前後文意思是相同的。由於邏輯有所欠缺，所以多用在主觀的語句，在闡述理論的句子中會使語意產生破綻，使用時必須要多小心。

▶ 英語を学ぶには、映画を見たり音楽を聞いたりし、そのセリフや歌詞を口ずさむのが効果的です。**ようするに**、英語を耳と口で覚えることです。　學習英語時，多看電影多聽音樂，然後哼唱台詞或是歌詞是非常有效果的。總而言之，用耳朵與嘴巴記住英語。

▶ 家にいるときは、デパ地下で買った惣菜やコンビニで買った弁当、宅配ピザやレトルト食品で済ませている。**ようは**、料理一つできない悲しい男やもめなのだ。　在家時都吃百貨公司地下街買的配菜或便利商店的便當，或吃外送披薩與真空包食品。總之，我就是一個不會做料理的可憐鰥夫。

「いわば（可說）」「いってみれば（說起來）」有「如果刻意要講」的含意；「いわゆる（所謂）」有「大家說」的意思。前者是寫作者自己的想法，後者是普遍的想法。

▶ 彼はもともと作家志望ではなかった。入院生活が長く、暇だったので、病院内の人間模様を小説に書くようになった。**いわば／いってみれば**、退屈しのぎで作家になったのである。　他本來不打算當作家。只是住院時間很長、閒來無事，只好開始用小說描寫起醫院內形形色色的人們。可說／說起來他只是想排解無聊才成為作家的。

▶ 中国は、安価で豊かな労働力と広大な用地を背景に欧米企業の誘致に成功し、21世紀には、家電、機械などの各分野で世界一になった。**いわゆる**「世界の工場」になったのだ。　中國以便宜又豐富的勞動力以及寬廣的用地為誘因，成功吸引歐美企業，在21世紀的家電與機械等各大領域都成為世界第一；成了所謂的「世界工廠」。

換言 代替 ‖ むしろ／そのかわり／というより

對前述的內容進行否定，轉換成更適當的表現

變化 ‖ かえって／それより／それよりも／それどころか／そうではなく／かわりに／そのぶん／というか／いや／いな

　　代替接續詞否定了前文，並預告了後文將會出現更適當的表達方式。其中分成前文為否定句，接著繼承否定的文章脈絡；前文為肯定句，然後在後文否定前文的這兩種類型。

　　在前文為否定句時常用的有「むしろ（與其）」及「かえって（反而）」。這兩個在「前文被否定前的內容為一般常識，接著進而否定」這點上是相同的，有差別的是，「むしろ」勸諫應當轉換目前常識，而「かえって」則強調了若遵從常識會招致反效果的負面意涵。

> ▶ 台風のときは傘は役に立たないことが多い。**むしろ**、レインコートと長靴で完全防備して外出したほうが濡れずに済む。 颱風時傘常派不上用場。與其如此，穿雨衣雨鞋做好完全防備外出還不會被淋濕。

> ▶ 本当のことを言うのが正しいとは限らない。**かえって**、本当のことを言うことで、相手の心の傷を広げることもある。 説真話不見得是正確的。反而可能因為説了真話，結果加深了對方心中的傷口。

　　「それより（も）（比起這個）」在以比較為前提這點上與「むしろ」相近；「それどころか（豈止如此）」因為會將話題帶往更極端的方向，所以與「かえって」比較像。「そうではなく（不是那樣，而是～）」明確否定了前文，或許可說是更基本的代替接續詞。

> ▶ どこの大学で学ぶかが大切なのではない。**それよりも**、入学した大学で何を学ぶかが大切なのである。 在哪間大學學習不重要。比起這

個，在就讀的大學學了什麼才是最重要的。

▶ 昨日も一昨日も風呂に入っていなかった。**それどころか**、一週間シャワーすら浴びていなかったことに気づいた。　昨天與前天都沒洗澡。豈止如此，我現在才發現我已經一個星期連沖個澡都沒有。

▶ 彼はラーメン店を営んでいるが、場末の小さなラーメン店の店主ではない。**そうではなく**、全国に100店舗もあるラーメン店チェーンのオーナーなのである。　他雖然經營拉麵店，但不是郊區的小拉麵店老闆，而是在全國有超過100間店面的連鎖拉麵店老闆。

「かわりに」「そのかわり」（意思皆為相反地）表示交替關係。像「キャンディーはない。**かわりに**、チョコレートをあげる（我沒糖果。相反地，我給你巧克力）」這樣前文為否定句的句型比較典型，但像「キャンディーをあげた。**かわりに**、チョコレートをもらった（我給了糖果。相反地，我拿到了巧克力）」這種肯定句的交替也很常用。

「かわりに」用於事物的交替。在以下第一個例子中「話」換成了「涙」。「そのかわり」雖然也表交替，但如同第二例所示，更強調了某事有好的一面與壞的一面。

▶ 屈辱的なことを言われ、なにも言葉が出てこなかった。**かわりに**、涙が溢れて止まらなかった。　受到了侮辱，我一句話也說不出來。相反地，我流淚不止。

▶ 海外の語学学校を選ぶ場合、留学生の多い学校はネイティブ・スピーカーとの接触が少なくなる。**そのかわり**、留学生にたいする手厚いサポートが期待できる。　選擇國外語言學校時，若學校留學生多，與當地母語者的接觸就少。相反地，可期待學校對留學生豐富的支援。

「そのぶん（也因此）」與「そのかわり」相同，表示正面與負面相等，有多少正面就有多少負面，有多少負面就產生多少正面等，彼此抵銷的關係。

▶ 一般_{いっぱん}にゴールドカードは年会費_{ねんかいひ}が高_{たか}い。**そのぶん**、一般_{いっぱん}のカードにはないさまざまなサービスがある。 一般來說金卡的年費很貴，也因此享有普通卡沒有的各種服務。

　　另一方面，前文並非否定句，然後在後文否定前文的接續詞，則有「というより（與其說）」「というか（說起來）」「いや（不對）」「いな（非也）」。

　　「というより」的意思為「用更正確的表現來說的話」。而「というか」意思為「用其他適當的方式來說的話」。在會話中，還常聽到「ていうか」「てゆうか」「てか」「つうか」等其他形式。「いな」是「否」的意思，為書面用語，「いや」則是口語。

▶ 幼稚園_{ようちえん}に入_{はい}ったばかりの娘_{むすめ}が新聞_{しんぶん}を夢中_{むちゅう}で読_よんでいた。**というより**、大人_{おとな}がふだん何_{なに}を読_よんでいるかを探_{さぐ}るため、紙面_{しめん}を必死_{ひっし}で見_みつめていたのである。 剛上幼稚園的女兒專心地看著報紙。與其說是看報紙，不如說是想知道大人平常都在讀些什麼，只好拼命地注視著紙面。

▶ 彼女_{かのじょ}は大衆小説_{たいしゅうしょうせつ}を書_かいて注目_{ちゅうもく}を浴_あびた。**というか／いな**、大衆小説_{たいしゅうしょうせつ}ではなく、大衆小説_{たいしゅうしょうせつ}の顔_{かお}をした純文学_{じゅんぶんがく}を書_かいて注目_{ちゅうもく}を浴_あびたのである。 她因為寫了大眾小說而受到矚目。說起來／非也，其實不是大眾小說，而是寫了像是大眾小說的純文學而受到了矚目。

▶ 眼_めが覚_さめたのは翌_{あく}る日_ひの薄明_{はくめい}の頃_{ころ}である。メロスは跳_はね起_おき、南無三_{なむさん}、寝過_{ねすご}したか、**いや**、まだまだ大丈夫_{だいじょうぶ}、これからすぐに出発_{しゅっぱつ}すれば、約束_{やくそく}の刻限_{こくげん}までには十分間_{じゅうぶんま}に合_あう。きょうは是非_{ぜひ}とも、あの王_{おう}に、人_{ひと}の信実_{しんじつ}の存_{そん}するところを見_みせてやろう。そうして笑_{わら}って礫_{はりつけ}の台_{だい}に上_{のぼ}ってやる。 醒來已是隔日黎明之際。美樂斯著急跳起，糟了，睡過頭了嗎？不對，還沒問題，只要即刻啟程，到約定的時限前還很充裕。今天我必定要讓王見識人的誠信。我要笑著爬上那架刑台。

　　　　　　　　　　　　　　　　　　太宰治《跑吧！美樂斯》

　　很多人或許會對口語中也有接續詞這件事覺得驚訝。由於接續詞常用在具邏輯性的文章中，所以大家可能沒想到其實日常會話裡也有用到接續詞。但如同本書章節「留意文體層次」中所述，口語中接續詞也是頻繁出現的。

　　首先司儀、授課、演講中，當一個人要講很長的話時就常用到「で」。因為這是人想起自己本來要說的內容時常用的接續詞，所以使用的頻率就會不小心變得很高。只是要是說得太多次，聽眾會變得難以理解說話的內容，所以要隨時注意，使用的次數要適當。

　　另一方面，換人發言也會出現接續詞，譬如「てか」。從「というか」→「ていうか」→「てゆっか」→「てか」的過程縮減而來，用於轉換話題。不過有時候中途切斷話題可能會影響對方的情緒，所以使用上要多加小心。

　　口語中的接續詞有兩個特徵，第一個是意思會產生變化、減弱了邏輯性。譬如逆接的「しかし」用來像「しかし、疲れたなあ（但是我累了）」這樣轉換話題，或是順接的「だから」用來在「だから、言ってるでしょ（所以我就說嘛）」中反覆強調自己的主張。甚至是表示對比的「ぎゃくに」，常常仔細聽後就發現前後文的意思並沒有呈相反關係。

　　另一個特徵是形態會變短。譬如上述的「で」（原本是「それで」）或是「てか」，「ようするに」縮短為「よすに」、「だから」縮短為「だか」「から」等等，口語中的接續詞有越縮越短的傾向。

2 | 舉出容易想像的例子　　例示

【問題】

在下列①～③的〔　　　〕裡，從「事実」「とくに」「たとえば」中選擇一個填入。

①酸性のもので10円玉をみがくときれいになる。〔　　　〕、カタバミ。葉に含まれるシュウ酸に10円玉をきれいにする働きがある。 用酸性物質刷10圓硬幣就會變乾淨。〔　　　〕，酢漿草。葉片裡含有的草酸能發揮把10圓硬幣刷乾淨的功能。

②安定した、しかし、刺激のない生活が続く人はギャンブルにはまりやすいとされる。〔　　　〕、ギャンブル依存症患者には年金生活者が多い。 一般認為穩定但毫無刺激的生活會使人容易沉迷賭博中。〔　　　〕，賭博成癮的患者多半是用年金過生活的人。

③日本的なアニメは海外で人気が出やすい。〔　　　〕、忍者が活躍する『NARUTO』は、その日本らしさから欧米で絶大な人気を誇っている。 日本風格的動畫在海外容易受到歡迎。〔　　　〕，有眾多忍者活躍其中的《火影忍者》，就因為其日本元素而在歐美有著超高人氣。

　　例示接續詞針對前文所述內容，會在後文舉出具體例子。

　　例示接續詞依照舉例的方式，還可以分成以下3種。

　　第一種是舉例接續詞。舉例接續詞會在後文預告前文的具體例子。

　　①填入的是「たとえば（譬如）」。「たとえば」是典型的例示接續詞。藉由在句子中放進「たとえば」，讀者就能預測後文中會出現「刷10圓硬幣就會變乾淨的酸性物質」的例子。在這裡雖然以植物酢漿草為例，但還可以舉出醋、塔巴斯科醬等其他例子。

第二種是**例證接續詞**。例證接續詞預告後文將會舉出能成為前文證據的例子。

②填入的是「事実（事實上）」。雖然跟「たとえば」很像，但差別在於前文並非「容易沉迷賭博中」這個事實，而是「一般認為會容易沉迷賭博」這個判斷。也就是說，後文中提出的不只是單純的例子，而是舉出能預告成為判斷根據的例子。

第三種是**特立接續詞**，預告後文中會舉出前文裡特別著名的例子。

③填入的是「とくに（尤其是）」。當然，如果只看成是單純舉例的話也能填入「たとえば」，但在歐美有超高人氣的《火影忍者》可視為特別顯著的例子，所以填入「とくに」在表現上能更加深讀者的印象。

例示 舉例 **たとえば／具体的には**

　　「たとえば」是舉例時最常見到的典型**舉例接續詞**。不論是口語還是書面語，就算在書面語中也是全種類裡最為常見的一個接續詞。

　　所謂的例子，就是範例、範本。若難以將所有事物都呈現出來，我們平常就會用舉出幾個例子的方式來說明。

　　在下例中，為了說明歐洲對自然保護所採取的措施，舉出德國的森林為例子。由於每個地區的措施都不同，無法全部舉出說明，所以用一個範本來代表。

▶ ヨーロッパは自然保護に積極的に取り組んでいる。**たとえば**、ドイツの森にたいする姿勢である。ゲルマン民族がかつて森の民と呼ばれたことからわかるように、ドイツでは、どの都市のそばにも大きな森があり、ドイツ人はその森と親しみ、森を守る取り組みを継続してきた。　歐洲致力於保護自然，譬如德國對待森林的態度。如同日耳曼人過去曾被稱為森林之民，在今日德國，任何都市旁都有大片森林；德國人親近森林，至今仍努力不懈地保護森林。

　　上例為在多數候選裡選擇其一的類型。雖然還有法國保護生物多樣性、英國的國家名勝古蹟信託、瑞典的自然享受權等等，歐洲還有很多種保護自然的措施，但只在其中抽出德國的例子來當作範本。

　　除了從多樣選項中選擇其一之外，在舉出實作例子時也會用到「たとえば」。

▶ お金を金融機関で借りた場合、金利は〔借入残高×実質年率÷年間日数×返済までの日数〕で計算します。**たとえば**、10万円を実質年率6％で30日間借りた場合、100,000円×0.06÷365日×30日≒494円となります。　向金融機關借錢時，利息以〔借款餘額 × 實質年利率 ÷ 每年天數 × 到還清為止的天數〕的方式計算。譬如以實質年利率6%借了10萬圓30天時，利息就是100,000圓×0.06÷365天×30天≒494圓。

以上不論是哪一種，共通點就是當前文的內容太過抽象、概括，難以產生聯想時，可用具體例子讓讀者更快看懂文章。在下例中，雖然郵遞區號跟電腦的關係難以理解，但只要有例子馬上就能看懂。

▶ 郵便番号を知っているとパソコンで便利である。**たとえば**、住所を書かなくても、郵便番号を書けば住所が変換候補に挙がるし、郵便番号と「天気」を入れて検索すれば、天気も即座にわかる。　如果知道郵遞區號的話，在使用電腦時很方便。譬如就算不打上住址，只要輸入郵遞區號，就會自動跳出住址選項。而且搜尋時只要打上郵遞區號與「天氣」，馬上就能知道當地的天氣。

另一個在舉例時使用的接續詞是「具体的には（具體來說）」。相對於「たとえば」是從多數候選裡選擇其中一個範本，「具体的には」則沒有「選擇」的語感，而是舉出聯想到的所有例子。

▶ 最近のスポーツ界では体幹トレーニングが主流である。**具体的には**、腹筋と背筋を徹底的に鍛えることになる。　最近在運動業界中，核心訓練成為了主流。具體來說，就是徹底鍛錬腹肌與背肌。

事実／実際／じつは

對前述的內容舉出可作為證據的例子

變化　実際に／現実に／げんに／その証拠に／じつのところ

　　舉例接續詞「たとえば」的使用時機是，當讀者可能對前文覺得「好像不太能理解」的時候；也就是說，說明不足的時候會使用舉例。

　　另一方面，用**例證接續詞**「事実（事實上）」舉例的時機，則是讀者可能對前文覺得「這是真的嗎」的時候。亦即，寫作者想提升文章說服力時，就會使用例證接續詞。

　　在下例中，因為預想到讀者可能會認為「小孩子會覺得小偷很刺激」不太有說服力，所以使用了「実際（實際上）」。若預想讀者的感想是「看不太懂」，那就會放進「たとえば」。

▶ 子どもは泥棒にスリルを感じるものである。**実際**、ルパン三世、キャッツアイ、怪盗キッド、怪盗セイントテールなど、怪盗ものは子どもに人気がある。 小孩子會覺得小偷很刺激。實際上，《魯邦三世》、《貓眼》、《怪盗基德》、《怪盗聖少女》等怪盗系作品深受小孩子喜愛。

　　例證接續詞最常見的是「事実」與「実際（に）」。這兩個雖然用法相似，不過「事実」比較常提示新奇、稀有的例子，而「実際」則多用來提示現實中周遭可能發生的例子。「現実に（現實上）」與「実際（に）」幾乎相同。

▶ 横浜市内の道路ではタヌキの交通事故が多い。**事実**、車に轢かれたタヌキが早朝、近所の道路に横たわっていることがある。 橫濱市內常發生與狸貓有關的交通事故。事實上，早上曾發生狸貓被車輾過，陳屍在家裡附近路邊的事件。

▶在宅ワークは女性にとって有力な選択肢です。**実際／実際に／現実に**、数十万人もの女性が在宅ワークを行っているといいます。 在家工作對女性而言是很有力的選擇。實際上／現實上，聽説有多達數十萬女性都在家工作。

「げんに（現に）（實際上）」以及「その証拠に（證據就是）」，表示證據説服力高的内容。連接前文的強烈主張，並在後文提示現實中的例子作為證據。

▶ながら勉強だと集中力が上がらないというのは嘘だ。**げんに**、私はラジオを聞きながらこの文章を書いている。 邊做其他事邊讀書無法集中是騙人的。實際上，我就正一邊聽廣播一邊寫這篇文章。

▶学生の集中力を90分持たせることは不可能に近い。**その証拠に**、講義のうまい先生は、何分かおきに雑談を交え、学生をリラックスさせている。 讓學生集中力保持90分鐘幾乎是不可能的。證據就是，擅於講課的老師都會每過幾分鐘就聊一下天，讓學生能夠放鬆。

「じつは（実は）（其實）」或「じつのところ（実のところ）（實際説來）」在寫文章的人想悄悄告訴讀者無法預期、珍藏的資訊時使用。

▶ちまたで批判の多い「ゆとり教育」はどのような弊害をもたらしたのか。**じつは／じつのところ**、「ゆとり教育」によって学力低下が起きたことを裏づける正確なデータは存在しないのだ。 社會上飽受批判的「寬鬆教育」到底帶來了什麼弊端呢？其實／實際説來，根本沒有任何正確數據能夠證明「寬鬆教育」引起學習能力的低落。

例示 特立　とくに／とりわけ／なかでも

對前述的內容舉出特別顯著的例子

變化　ことに／なかには／わけても／なかんずく

　　如前面所述，舉例指的就是從眾多候選中選擇其一當範本。在選擇例子時，不見得都選典型的例子，也可能選顯著的例子，這就是特立。

　　特立接續詞中最常見的就是「とくに（特に）（尤其）」。這是不論在什麼類型的文章中都會使用的基本接續詞。

▶ 黒部ダムのある黒部渓谷は絶景スポットとして知られている。**とくに、秋の紅葉は見事である。**　黑部水庫所在地黑部峽谷以絕美風景為人所知。尤其秋天的楓葉更是美不勝收。

　　除了「とくに」之外其他的特立接續詞使用頻率都不高，只在避免「とくに」使用過度時才用其他接續詞代替。

　　「ことに（殊に）（特別）」用的漢字是特殊的「殊」，給人一種比「とくに」更特別的語感。「とりわけ（格外）」語感相近，與「ことに」都同樣用在較正式的文章中。

▶ 名探偵コナンの劇場版映画は大人が見ても楽しめる。**ことに、「ベイカー街の亡霊」は何度見ても見飽きない傑作である。**　《名偵探柯南》的電影版就算是大人也能看得很盡興。特別是《貝克街的亡靈》是不論看幾遍都看不膩的傑作。

▶ 高齢化社会における社会福祉の対策は遅れている。**とりわけ、住宅のバリアフリー化という面での対策の遅れが目立つ。**　高齡化社會的社會福利政策至今仍進展緩慢。而在無障礙住宅上的對策格外緩慢。

109

另一方面，「なかでも（其中）」則多用在較輕鬆的文體。

▶ お弁当のおかずとして、最近人気を集めているのが「ソーセー人」。タコさんウィンナーのようにソーセージに切れ目を入れ、人の形に仕上げる。**なかでも**、ちょっとシュールな宇宙人ウィンナーが人気。　最近最受歡迎的便當配菜就是「熱狗人」了。跟章魚熱狗一樣，把熱狗切開，做成人的形狀。其中以有點滑稽的外星人熱狗最受歡迎。

「なかには（在這之中）」表示與典型相去甚遠的顯著例子，常與逆接接續詞一起進行二重使用（第7章之2）。

▶ お弁当用のパンとして、最近注目を集めているのが「警告パン」。食パンの表面にチョコペンで字を書いたもので、「手を洗え」「さっさと食べる」など警告を表わすものが多い。**しかし、なかには**、「今日もがんばって」「笑顔を忘れずに」などの温かいコメントのものもある。　最近受到矚目的便當用麵包就是「警告麵包」；用巧克力筆在吐司上面寫字，常看到「去洗手」「快點吃」等警告標語。但在這之中，也有「今天也要加油」「不要忘了笑容」等溫馨的留言。

「わけても」「なかんずく（就中）」（意思皆為尤其、特別）常用在較為古風的文體中。

▶ 野球賭博などの私的なギャンブルについては、公営ギャンブルとは異なる問題がある。**わけても**、留意すべきはその違法性である。　關於棒球等私人賭博，問題與公營賭博不同。尤其應注意私人的違法性。

▶ 食品添加物の健康にたいする影響は大きいと考えねばならない。**なかんずく**、防腐剤や防かび剤、食品保存に関わる添加物の使用が人体に与える影響が深刻である。　必須思考食品添加物對健康的重大影響。特別是防腐劑、防黴劑以及與保存食品有關的添加物，使用後對人體的影響非常嚴重。

3 | 填補資訊的漏洞　　　　　　　補足

【問題】

在下列①～④的〔　　　〕裡，從「だって」「なお」「なぜなら」「ただし」中選擇一個填入。

①猫の舌はざらざらしている。［　　　］、猫は肉食であり、骨についた肉をこそげ落とせるようになっているからだ。　貓的舌頭很粗糙。〔　　　〕，因為貓為肉食性動物，需要把黏在骨頭上的肉刮下來。

②今週いっぱいでバイトを辞めることにしたよ。［　　　］、サービス残業を強要されるんだもん。　我就打工到本週為止。〔　　　〕，強迫我免費加班嘛！

③当館は入館料をいただいておりません。［　　　］、併設の駐車場をご利用の場合、1,000 円かかります。　本館無須入館費。〔　　　〕，使用附設停車場須付 1000 圓。

④締め切りは 7 月 31 日（月）の消印有効。［　　　］、当選者の発表は賞品の発送をもって代えさせていただきます。　截止日期以 7 月 31 日（星期一）前的郵戳為憑。〔　　　〕，中獎者將直接寄送獎品，不另行發表。

　　有時候說完話還覺得說明有些不足時，就會用到**補足接續詞**。

　　依照補充說明的方式，還能分成理由接續詞與附加接續詞這兩種。

　　理由接續詞是針對前文的疑問，再進一步補足理由的接續詞。①與②皆是理由接續詞。

　　①填入的是「なぜなら（要說為何）」。「というのは」「というのも」（意思皆為之所以這麼說）也可以。在日語中，理由一般不用句

首的接續詞，而是用句尾的「からだ（因為）」來表示。只是如果只有「からだ」，那不讀到句尾就不會知道理由。因此會用「なぜなら」「というのは」「というのも」，在一開始就預告這句話是前文的理由。

①在「猫の舌はざらざらしている」這句後接上「なぜなら」。如此一來，讀者就能預先知道，對於「猫の舌はざらざらしている」這句話產生的疑問會在後文出現解答，於是就會繼續看下去。

②填入「だって（畢竟）」。由於後文的最後用「もん」結束，所以文章給人一種孩子氣的印象；而在孩子氣的文體中放進「なぜなら」這種較正式的接續詞並不適合，用「だって」這種平易近人的接續詞才符合文體。

另一方面，**附加接續詞**會追加與前文有關的資訊，③與④皆屬此類。③填入的是「ただし（不過）」。

因為③有「当館は入館料をいただいておりません」這句話，所以可能很多人會覺得：「免費耶，真幸運！」但是這樣會招致誤解，恐使來訪的遊客因為停車需要費用而感到期待落空，所以用「ただし」表示世上並不盡然都有好事。

④填上「なお（另外）」。不需要像「ただし」大幅修正內容，也不如「ちなみに（順帶一提）」只是添加關係不大的資訊，想要追加相關資訊的「なお」應該是最恰當的。在習慣上，這類文章中最常用的也是「なお」。

補足 理由 なぜなら／というのは／というのも

表示前述內容的理由

變化 | なぜならば／なぜかと言うと／だって／それというのは／それというのも／なにしろ／なにせ

預告前文理由的**理由接續詞**，在文體上有豐富的變化。「なぜなら（要說為何）」是典型的理由接續詞，多用在比較正式的文體、具有邏輯性的文章中。「なぜならば」「なぜかというと」意思都是相同的。

▶ フレンチトーストはフランス語で「失われたパン」と呼ばれる。**なぜなら／なぜならば／なぜかと言うと**、放置されてぱさぱさになってしまったパン（「失われたパン」）を卵や牛乳で生き返らせるからである。　法式吐司在法語中稱為「失去的麵包」。要說為何，因為放太久而變乾的麵包（「失去的麵包」），最後是用蛋與牛奶讓它活過來了。

「だって（畢竟）」用在非正式的文體中，有自我正當化的意涵，所以跟「なぜなら」比起來較為主觀。下例是隨筆家小田嶋隆先生在〈不能玩的暑假〉這篇文章中的一節，其中活用了「だって」這個接續詞的特色。

▶ 一部には、もう一回戦争が起こって、もう一回昔みたいな焼け野原が出来れば、もう一度同じようなベビーブームが来るはずだという意見がある。　一部分的人有意見說，只要再發起一次戰爭，再一次像過去一樣燒成焦土，應該就會再一次迎來相同的嬰兒潮。

たしかに、その見方には、一定の説得力がある。　的確，這種看法有一定的說服力。

でも、私は御免だな。　但我可不要。

113

「（それ）というのは」「（それ）というのも」（意思皆為之所以這麼說）比較接近「なぜなら」的用法。但是不如「なぜなら」這麼具有說理的感覺，而是預告理由的說明將會繼續下去。「（それ）というのは」用在導入讀者難以想像的理由，「（それ）というのも」則用來揭發背後的緣由。

▶ 大企業は経営が悪化してもなかなか潰れない。**というのは**、出資している銀行や、その背後にいる政府が潰さないように動くからだ。　大企業就算經營不善也不太會倒閉。之所以這麼說，是因為出資的銀行與背後的政府會為了避免他們破產而行動。

▶ 不動産屋は案内された賃貸物件で家主にたいして腰が低い。**というのも**、借り主以上に貸し主が不動産屋にとって大事な顧客だからである。　不動產公司對於租借房屋的房東姿態很低。之所以這麼說，是因為比起房客，房東對不動產公司來說是更重要的顧客。

「なにしろ」「なにせ」（意思皆為畢竟）用於導入可作為理由的極端事實。所以有時候含有一種沒辦法、類似找藉口的語感。

▶ 東京の地下鉄は複雑ですっかり迷ってしまいました。**なにしろ、ふ**だんは田舎住まいで、東京は初めてなもので。　東京的地下鐵好複雜，我完全迷路了。畢竟我平常住在鄉下，這是第一次來東京。

▶ 今朝は二日酔いで、頭痛が治まらない。**なにせ**、深夜 3 時まで友人と騒いで、一升瓶を 2 本空けてしまった。　我今天早上宿醉，頭痛不止。畢竟我跟朋友鬧到半夜 3 點，喝空 2 瓶一升的日本酒。

なお／ただし／ちなみに

對前述內容追加、修正相關資訊

變化　もっとも／余談だが／余談ですが

　　各位聽過「なお書き（補注）」「ただし書き（但書）」這些說法嗎？在「なお書き」中用「なお（另外）」，在「ただし書き」中用「ただし（不過）」等附加接續詞放在句首，並在之後繼續陳述針對前文內容的補足、修正，微調前文，向讀者傳達更為精確的訊息。

　　「なお」只有多補述一句話的語感，在改變前文的程度上不如「ただし」這麼強。譬如下例中，若改成用「ただし」來補足，語氣就太強烈了。

> ▶ これから質疑応答に入ります。どうぞ自由にご発言ください。**なお、ご発言のまえにご所属とお名前をお願いします。** 接下來進入問答，請各位自由發言。另外，在發言前請各位告知所屬單位與名字。

　　在下例中，雖然可換成「ただし」，但因為有「場合がある（有可能）」這個語氣較弱的結尾，所以「なお」比較合適。

> ▶ パンフレットと申し込み用紙は地域の各児童館にあります。**なお、定員を超えた場合は抽選になる場合があります。** 宣傳冊與報名表在各地區兒童館皆有提供。另外，若超過規定人數將可能採抽選方式。

　　相反地，雖然在下例中也可用「なお」，但「なお」的語氣太弱，使用「ただし」更能明確強調例外規定。

▶ 1日6時間の勤務であっても、通常の週5日勤務であれば社会保険に加入する必要があります。**ただし**、週3日以内であれば、社会保険に加入する必要はありません。　就算1天上班6小時，但只要是平常每週上5天班就必須加入社會保險。不過，若是每週僅上3天以內的班，就不須加入社會保險。

下例中似乎難以換成「なお」。由於逆接的意涵較強，所以比較容易換成位於逆接與附加中間的「ただ（只是）」或是逆接的「しかし（可是）」。

▶ 正攻法で努力しても、今回は失敗するかもしれない。**ただし**、長期的に見れば、今回の失敗がかならず次回以降の成功につながるように思う。　就算靠正攻法努力，這次可能也會失敗。不過長期來看，我想這次的失敗一定會成為下一次之後成功的養分。

「もっとも（不過）」與「ただし」相似，在正式文章中闡述明確的主張後，想添加不符合主張的例外規定時就可以使用。

▶ 表現の自由は最大限尊重されねばならない。**もっとも**、ヘイトスピーチのような少数者への中傷は除かれる。　言論自由必須受到最大限度的尊重。不過仇恨言論等對於少數族群的誹謗不在此限。

「ちなみに（順帶一提）」跟「なお」及「ただし」相比，對前文的修正程度很低，單純只是補充與前文沒有直接關係的其他話題。「余談ですが（題外話）」用法與「ちなみに」相同。

▶ 最近の車は5ナンバーでも室内空間が広いので、5人でも十分乗れるのではないでしょうか。**ちなみに／余談ですが**、我が家も5人家族で、5ナンバーの車に乗っています。　最近小型車的空間已經很寬敞了，所以要坐5個人也沒什麼問題。順帶一提／題外話，我們家是5人家庭，開的也是小型車。

第 5 章

展開接續詞
表示整體文章的脈絡

【問題】

在下列①～③的〔 　 〕裡，從「では」「ところで」「それにしても」中選擇一個填入。

①夏も本番、ビールがおいしい季節となりました。〔 　 〕、皆さんはビールのおつまみと言えば何を想像しますか。 正式進入夏天，也是啤酒最好喝的季節。〔 　 〕講到下酒菜，大家會想到什麼呢？

②「ご返事」と「お返事」はメールのなかでいずれもよく用いられている自然な表現である。〔 　 〕、どのようなときに「ご返事」を使い、どのようなときに「お返事」を使うのか。 「ご返事」與「お返事」都是信件中常用且自然的表現。〔 　 〕，在什麼時候會用「ご返事」，又在什麼時候用「お返事」呢？

③温暖化の影響か、このところ、夏の暑さが年々増しているように思う。〔 　 〕、ここ数日の暑さは尋常ではない。 不知是否因為溫室效應，近年夏天的酷暑有逐年增高的感覺。〔 　 〕，這幾天的炎熱程度非比尋常。

　　雖然接續詞是專門連接前文與後文的品詞，但其實也有用來切斷前後文的接續詞：轉換接續詞。

　　轉換接續詞用來表達前文與後文的內容沒有直接關連性。雖然轉換接續詞可說是切斷詞，但相反地，切割前文與後文也就表示前後文都是同等重要的話題。所以想了解文章整體結構，轉換接續詞是不可或缺的。

　　轉換接續詞依照其轉換的方式還可以分成以下三種。

移行接續詞預告前文即將結束，切換成另外一個話題。

①為移行接續詞的「ところで（話說回來）」。當然，雖然說是轉換話題，但很少有文章會轉換成一個毫無關係的話題。在這邊，話題從「啤酒」轉換成「下酒菜」，兩個話題間仍有相關。

正題接續詞雖然有話題的轉換，但表示前文話題與後文話題有輕重之分；前文話題只是正題（主旨）的前提，後文才是正題。

②為正題接續詞的「では（那麼）」。在前文中，說明了「ご返事」與「お返事」（兩者皆為回覆之意）都有在使用，接著透過「では」這個接續詞，表示在後文裡將會解說「ご返事」與「お返事」各自的使用時機這個正題。

回歸接續詞預告了猶如突然回過神來的話題轉換；回到文章的出發點，重新說明寫文章的人一開始想表達的話題。

③為回歸接續詞，表示從普遍性的論述回歸到身旁周遭的認知。這邊可以填入「それにしても（說起來）」，表示話說到一半突然回神，關心身旁感受到的炎熱。

| 轉換 移行 | さて／ところで |

轉換成與前述內容不同的話題

變化 　それはさておき／それはそうと／それはともかく／それはともかくとして／それはそれとして／閑話休題（かんわきゅうだい）／ときに／はなしかわって

　　同樣都是轉換，**移行接續詞**與下一節說明的正題接續詞特徵略有不同；移行接續詞只表示轉換成其他有關連的話題，相對地正題接續詞則表示話題將轉換成整篇文章的核心主題。

　　但是，這也有程度上的分別，所以同樣都分類在移行接續詞的「さて（那麼）」與「ところで（話說回來）」也有差異。

▶「AはBより10円（えん）、BはCより10円高（えんたか）い。AとBとCは全部（ぜんぶ）で120円（えん）。〔　①　〕、Bの値段（ねだん）はいくらか」という問題（もんだい）を小5の娘（むすめ）は解（と）けませんでした。〔　②　〕、質問（しつもん）なのですが、こんな娘（むすめ）でも中学受験（ちゅうがくじゅけん）で入（い）れる中学（ちゅうがく）はあるでしょうか。 對於「A比B貴10圓，B比C貴10圓，A與B與C加起來全部為120圓。〔　①　〕，B的價格為多少錢」這個問題，我家小5的女兒解不出來。〔　②　〕，我想請問中學考試有我們女兒也能考進去的學校嗎？

---

　　①填入「さて」、②填入「ところで」吧。「さて」類似於正題接續詞的「では（那麼）」，使話題更趨近正題；相對地，「ところで」則讓新的話題偏離原來的話題。我們雖然可以說「さて、本題（ほんだい）に入（はい）ります（那麼，進入正題吧）」，但很難說成「ところで、本題（ほんだい）に入（はい）ります（話說回來，進入正題吧）」由此可知這種說法很不自然。

　　但不只是「さて」，「ところで」也有假裝偏離話題，其實是想要進入正題的用法，必須要多注意。譬如，如果我過了期限還沒交稿，收到從出版社編輯那邊傳來像這樣的電子郵件，我大概會嚇得發抖吧！

▶ 先日、先生のご著書の書評を○○新聞で見かけました。ご好評のこと、心からお慶び申しあげます。**さて／ところで**、先日お願いいたしました原稿、締切りを１ヶ月ほど過ぎているのですが、まだ弊社に届いていないようです。 前幾天我在○○報上看見老師您著作的書評了。我打從心裡為您的好評感到喜悅。那麼／話說回來，前陣子拜託您的原稿已過交稿期限１個月左右，但稿件似乎尚未送到敝公司來。

除「さて」外還有「それはさておき（暫且不論）」「それはそうと（是說）」「それはともかく（として）（先別說那個）」「それはそれとして（暫且不論）」「閑話休題（言歸正傳）」等類似用法的接續詞。雖然用法都跟「さて」一樣，但特徵是讓話題回到正題。

▶ 腰痛は甘く見てはいけない。かくいう私も以前、腰痛が悪化して半年も休職するはめになったことがある。**それはさておき／それはそうと／それはともかく／それはそれとして／閑話休題**、腰痛になりやすい人のタイプを挙げてみよう。 不可小看腰痛，我以前就是因為腰痛惡化，害我停職了半年。暫且不論那個／是說／先別說那個／言歸正傳，我們來講講容易腰痛的人的類型吧！

另一方面，「ところで」也可用「ときに（對了）」「はなしかわって（換個話題）」代替。這兩個都與「ところで」的用法幾乎相同。

▶ 大学院に入って、論文執筆でこれほど苦労するとは思わなかった。**ときに／はなしかわって**、私がなぜ大学院に社会人入学したかというと、30 歳を過ぎてから、もう一度きちんと学んでみたいと考えたからである。 我沒想到進研究所寫論文是這麼辛苦的事。對了／換個話題，說到為什麼我以社會人士的身分進研究所，是因為過了 30 歲後，我想要再一次好好學習。

核心的話題

接近	中間	偏離
では	さて	ところで

123

では／だとすれば

以前述內容為前提，引導至正題

變化　それでは／じゃあ／だとしたら／だとすると／だとするなら／しからば

　　　正題接續詞「では（那麼）」以及衍生的口語專用接續詞「じゃあ（那麼）」，是平日生活中不可或缺的接續詞。

　　　我一開始上課，就先說「では／じゃあ授業を始めます（那麼開始上課）」；下課時，則說「では／じゃあ授業を終わります（那麼下課）」。各位與朋友道別時，平常也會說「ではまた（那麼再見）」「じゃあね（再見）」吧。

　　　像這樣，在談話的重要結尾處若不使用「では」或是「じゃあ」，我們就無法正常地用語言交流。

　　　那麼，在文章中又如何呢？當然，「では」也是不可或缺的。結束前提，終於要進入正題，也就是從序論要進入本論時，就會用到「では」。如同前面移行接續詞一節所述，在轉換接續詞中最接近話題核心、力道最強者，便是「では」。

　　　面對考試的閱讀題時，若時間所剩不多，有個戰術是觀察接續詞來判斷重要資訊。這時候「では」是極其重要的目標，因為馬上就能了解之後才是本論的開始。

　　　在下例中，接著「では」所提出的疑問句裡，包含寫作者想透過整篇文章所提起的問題。

> ▶以上述べてきたように、高齢社会はもはや現実のものとなっており、それに対応した社会福祉制度の再構築が求められている。**では**、具体的にどのような政策が可能なのだろうか。　如同以上所述，高齡社會已成現實，現在正是要求社會福利制度再次重整的時候。那麼，具體來說哪些政策是可以實行的呢？

　「じゃあ」雖然幾乎不會用在文章中，不過除了「では」之外還常用到「それでは」，意思與用法與「では」沒有太多差異。

　正題接續詞還有一組用於條件表現的「だとすれば」「だとしたら」「だとすると」「だとするなら」（意思皆為既然如此）。文言中則使用「しからば（然則）」這個接續詞。

　「だとすれば」「だとしたら」「だとすると」「だとするなら」不只是單純的推論，還帶有表示假設某件事成立，那在下一個階段會產生什麼疑問的含意。可以表示下一階段疑問這點，與「では」及「それでは」是相通的。

▶ 米国最初の国立公園、手つかずの美しい大自然が残るイエローストーン。その地下には大量のマグマが溜まっており、巨大な噴火に至る兆候があちこちで観測されている。**だとすれば／だとしたら／だとすると／だとするなら**、専門家のあいだで噴火はいつごろ起こると考えられているのだろうか。　黃石國家公園是美國第一個國家公園，未遭文明破壞，還留存美麗大自然。公園地底下積存了大量的岩漿，四處都可觀測到大規模火山爆發的徵兆。既然如此，專家認為什麼時候會發生火山爆發呢？

轉換回歸 そもそも／思_{おも}うに／それにしても

讓話題回歸到出發點、本來的想法或是周圍的狀況

變化　思_{おも}えば／ひるがえって／そういえば

　　回歸接續詞預告了後文會與前面的文章脈絡有段距離，將回到原本的出發點。雖然某種程度上邏輯有些跳躍，但也因此可以表達出寫作者的真心話或是嗜好。

　　「そもそも（說到底）」以「そもそも論_{ろん}（說到底論）」聞名，表示回歸到起初思考時的出發點。

▶ 話_{はなし}が上手_{じょうず}な人_{ひと}にコミュニケーション力_{りょく}があるとはかぎらない。聞_きき上手_{じょうず}な人_{ひと}が好感_{こうかん}を持_もたれることも多_{おお}いし、寡黙_{かもく}な人_{ひと}が業務上_{ぎょうむじょう}の信頼_{しんらい}を得_えることもある。**そもそも**、コミュニケーション力_{りょく}とはいったい何_{なん}なのだろうか。　擅於言談的人不見得就有溝通力。畢竟擅於聽人說話的人常受到歡迎，有時沉默寡言的人在工作上也能獲得信賴。說到底，溝通力到底是什麼？

　　「ひるがえって（回過頭來）」寫成漢字為「翻_{ひるがえ}って」，可以進行話題的跳躍，用於把很遠的話題一口氣拉回身旁的時候。

▶ このように、ヨーロッパでは社会_{しゃかい}が全体主義化_{ぜんたいしゅぎか}しはじめたときには、健全_{けんぜん}な民主主義_{みんしゅしゅぎ}が働_{はたら}き、言論_{げんろん}の自由_{じゆう}と人権_{じんけん}の尊重_{そんちょう}が保障_{ほしょう}されるのである。**ひるがえって**、日本_{にほん}ではどうか。　歐洲就像這樣，在社會開始進入極權主義之際，健全的民主主義發揮作用，保障了言論自由、尊重人權。回過頭來，日本又如何呢？

　　「思_{おも}うに（想來）」有「重新再想看看」的意思，而「思_{おも}えば（想想）」

126

則有「試著回顧過去」的意思。

▶ 犬と猫の飼育数が逆転したという。**思うに**、犬は吠えること、散歩が必要なことから、都会のマンションで暮らす一人暮らしの層を中心に、犬を敬遠する風潮が出てきたのではないだろうか。 聽説狗跟貓的飼養數量逆轉了。想來是不是因為狗會吠叫，而且需要散步，所以以住在都市公寓的單身人士為主，開始出現對狗敬而遠之的風潮呢？

▶ 夫の髪にも白いものが目立ちはじめていた。**思えば**、結婚後20年、よくもケンカもせずに一緒にやってこられたものだ。 丈夫也開始冒出白髮了。想想結婚20年，竟然沒有吵架就一路走到現在。

在一開始的【問題】中提出的每類接續詞都是最具代表性的形式，而在回歸接續詞中最具代表性的便是「それにしても（說起來）」了。「それにしても」表示回歸到原本就在意得不得了的事情。

▶ 娘は出かけるとき、今日は大学の新入生歓迎会があるから、先に寝ていてねと言っていた。**それにしても**、少し遅すぎるのではないだろうか。 女兒出門前說今天有大學的新生歡迎會，所以叫我先睡。説起來是不是有些太晚了？

「そういえば（說到這個）」表示在對前文進行聯想時，回歸到腦中突然想到的事情。

▶ 嘘をつくと、利き手を隠したり、頭をかいたり、髪の毛を耳にかけたりなど、仕草が手に出るという。**そういえば**、私も嘘をついたとき、手が頭に行ったり鼻に行ったりすることがある。 聽説人在説謊時，會藏起慣用手或抓抓頭、把頭髮撥到耳朵後等，用手做出許多舉動。説到這個，我在説謊時手也會抓抓頭或鼻子。

【問題】

在下列①～④的〔　　　〕裡，從、「いずれにしても」「このように」「ともあれ」「ということで」中選擇一個填入。

①すでに多くの産業で、韓国製品や中国製品が競争力を高め、日本製品のレベルに追いついており、技術開発、コストの両面で、近隣諸国との競争での苦戦が予想される。〔　　　〕、日本経済再生への楽観的なシナリオはもはや描きにくい状況である。　韓國製品與中國製品已在許多產業中提高競爭力，追上日本製品的水準。可預想到在與鄰近各國的競爭中，日本在技術開發與成本兩方面將會陷入苦戰。〔　　　〕，現在已是無法再樂觀看待日本經濟復甦的狀況了。

②待望の将棋漫画『向かいの羽生くん』は明日発売。予約が殺到し、書店によっては品切れも予想される。〔　　　〕、発売日に手に入れたい人は近くの本屋さんに急げ！　備受期待的將棋漫畫《對面的羽生同學》明天發售。預購訂單蜂擁而至，有些書店預期將會一掃而空。〔　　　〕，想在發售日當天就搶到的人盡速到附近書店排隊吧！

③人と対面して対局するのもいい。インターネットでの対局でもいい。パソコンソフトとの対局でもいい。〔　　　〕、たくさん実戦を積むこと。そうすれば、将棋は強くなる。　跟人對弈也好，在網路上對弈也好，甚至跟電腦對弈也可。〔　　　〕就是累積實戰經驗，如此一來將棋就會變強。

④あなた自身の努力、効率のよい勉強方法、ご家族の温かい支援がそろって今回の好結果が生まれたのだと思います。〔　　　〕、第一志望に合格できてほんとうによかったですね。　因為有你自己的

努力、高效率的讀書方法、還有家人的溫馨支持，才有這次的好結果。
〔　　　　〕，考上第一志願真是太好了。

最後介紹的接續詞就是預告將要進入總結的**結論接續詞**，常用在章節的結尾處。日語文章中，往往會在最後提出真正想講的話，所以結論接續詞相當重要。

結論接續詞又分成：表示一連串說明與故事到達了結果、結論的歸著接續詞；一口氣做出最終結果、結論的終結接續詞；以及不論前文如何，後文仍然成立的不變接續詞；還有與前文無關，後文依舊成立的無效接續詞這四種。

①為**歸著接續詞**「このように（就像這樣）」。

「東亞鄰近各國的技術力提升，日本產業將面臨苦戰」這個前文，可用歸著接續詞「このように」自然引導出結論。

②為**終結接續詞**「ということで（所以說）」。

使用「ということで」，有寫作者想要發揚自己主張的意思。相較於①的歸著接續詞是自然整合論點，②的終結接續詞則表現出寫作者想要整合論點，使人感受到寫作者的主觀意識。

③為**不變接續詞**「いずれにしても（反正）」。

將棋想變強重要的是累積實戰經驗，至於方法如何則不是重點；想讓這層關係成立，選用不變接續詞是最恰當的。

④為**無效接續詞**「ともあれ（總之）」。

雖然在前面說了很多寫作者認為出現好結果的原因，但最後其實只是想講一句恭喜而已。無效接續詞在想劃清與前文的關係表達出要點時，是非常方便的接續詞。

このように／こうして

表示一連串說明或故事最後的結果、結論

變化　こんなふうに／かくして／そのように／そんなふうに／そうして

　　歸著接續詞基本上使用指示詞「こ（這）」。

　　「このように（就像這樣）」是歸著接續詞中最好用的；在說明文中，預告後文將會總結前文的所有事項。句尾常見使用「のである（是如此）」的形式。

▶ すでに紹介した介護タクシーや運転代行業にくわえ、学校への子どもの送り迎えを行う送迎タクシーや、日用品の買い出しをかわりにしてくれるおつかいタクシーなどもある。**このように**、タクシー会社のサービスは多様化しているのである。　除了已經介紹過的看護計程車與代客駕駛外，還有送小孩上下學的接送服務、幫我們代買日常用品的代買服務等等。就像這樣，計程車公司的服務朝多樣化邁進。

　　雖然「そのように（就像那樣）」也不是不能表達，但比較常用在表達聽聞的事情，而且也不如「このように」有整理前文的力道。

▶ すでに紹介した介護タクシーや運転代行業にくわえ、学校への子どもの送り迎えを行う送迎タクシーや、日用品の買い出しをかわりにしてくれるおつかいタクシーまであると聞く。**そのように**、タクシー会社のサービスは多様化しているのである。　除了已經介紹過的看護計程車與代客駕駛外，還聽說有送小孩上下學的接送服務、幫我們代買日常用品的代買服務等等。就像那樣，計程車公司的服務朝多樣化邁進。

「こんなふうに（就像這樣）」與「このように」用法幾乎相同，只是多用在比較非正式的文體中，有像是在談話的語感。順帶一提，「そんなふうに（就像那樣）」同樣也是用在傳聞的文章中。

▶ 人との出会いも大きいです。駅を降りて駅前を歩くたびに、そこで暮らす人との新たな出会いが生まれます。**こんなふうに**、目的地に急がない各駅停車の旅もまた、旅の楽しみ方の一つです。　與人相遇也很重要。每次出了車站，在車站前散步，就會與當地住民誕生新的邂逅。像這樣每站皆停、不急著前往目的地的小旅行，也別有一番樂趣。

「こうして（於是）」是常用在故事結局的典型接續詞。各位應該能很快想到「こうして二人は幸せになりました（於是兩人過著幸福的日子）」這種快樂結局的說法。「かくして（於是乎）」較文言，用在正式的文章。「そうして（然後）」是「そして」原本的形式，用法上有部分重疊，不過更注重這一連串過程，在這點上與「こうして」相同。

▶ 江戸時代は何もなかった新宿ですが、明治時代になり、赤羽－品川線、新宿－立川線の開通により、変化が生じました。その後、関東大震災後の復興計画により、京王線、小田急線、西武線が相次いで開通し、さらに、三越、伊勢丹、小田急、京王などの巨大デパート群が誕生しました。**こうして／かくして／そうして**、新宿は今日のような姿を整えていくのです。　新宿在江戶時代還是一塊空地，但到了明治時代，開通赤羽－品川線以及新宿－立川線後，就發生了變化。之後因為關東大地震的復興計畫，相繼開通京王線、小田急線、西武線，加上三越、伊勢丹、小田急、京王等大型百貨公司群接連開業。於是／於是乎／然後，新宿終於有了今日的樣貌。

131

というわけで／ということで／結局（けっきょく）

省略過程一口氣整理出最後的結果及結論

變化 | まとめると／結局（けっきょく）のところ／つまるところ／つまりは／以上（いじょう）／最後（さいご）に／おわりに／おしまいに／ついに／とうとう／やっと／ようやく

　　終結接續詞在整理前文這點雖然與歸著接續詞相同，但不同的地方是帶有寫作者強烈想把結論連結前文的意識，所以會跳過一連串過程，跳躍式地直接表達結論。

　　「というわけで（這麼說）」類似順接接續詞，但因為能發揮整理至今一連串內容並做出結論的機能，所以歸類為終結接續詞。

▶ 選手（せんしゅ）たちは夏場（なつば）の厳（きび）しい合宿（がっしゅく）を乗（の）り越（こ）え、確実（かくじつ）に力（ちから）をつけました。しかも、ムードメーカーの田中（たなか）選手（せんしゅ）がキャプテンに就任（しゅうにん）したことで、チーム内（ない）の結束（けっそく）も高（たか）まっています。**というわけで**、今（こん）シリーズの選手（せんしゅ）たちの熱（あつ）い活躍（かつやく）に期待（きたい）です。　選手們度過夏日嚴酷的集訓後，確實有所成長。而且最會帶動氣氛的田中選手就任隊長，提升了隊伍團結。這麼說本季選手的熱切活躍值得期待。

　　另一方面，「ということで（所以說）」類似換言接續詞，但是展示從一連串內容導出的結論這一點，仍歸類在終結接續詞中。

▶ 撮影（さつえい）の遅（おく）れで公開（こうかい）自体（じたい）が延（の）びるかもという噂（うわさ）はたしかにネット上（じょう）にありましたが、公式（こうしき）ホームページにお知（し）らせは出（で）ていませんし、最新（さいしん）の映画（えいが）雑誌（ざっし）の紹介（しょうかい）でもとくにそうした情報（じょうほう）は記（しる）されていません。**ということで**、予定通（よていどお）りゴールデンウィークに合（あ）わせて公開（こうかい）されるのではないでしょうか。　雖然網路上的確流傳因為拍攝進度慢所以上映延期的傳言，但官方網站上沒有公告，最新一期的電影雜誌介紹中也沒有特別提及這類資訊。所以說還是會依照預定，在黃金週假期上映吧？

「まとめると（總歸就是）」如字面所述，預告後文總結前文。

> 最近、日本でも多発していると言われている竜巻についてここまで見てきました。**まとめると**、台風シーズンには多少増えるものの、全体としては年間数十件であり、米国にくらべて小規模のものが多いといえると思います。　看到最近日本也常發生龍捲風，總歸就是，雖然在颱風季會稍微增加，但一整年全部也才數十件，而且與美國相比多半規模很小。

「結局（結果）」「結局のところ（結果而言）」表示最後得出的結果或結論，仍然是難以動搖的。

> 偏ったダイエットは効果が薄く、体調を崩すことにもなりがちです。**結局／結局のところ**、ダイエットに王道はなく、摂取カロリーを減らすこと。カロリーを摂取したら運動して消費すること。これに尽きると思います。　偏門的減肥方式效果很差，也容易壞了身子。結果／結果而言，減肥無王道，就是減少攝取卡路里、攝取卡路里後就去運動來消耗熱量。不過就是如此。

「つまるところ（總之）」「つまりは（簡言之）」表追究的論點。

> ちまたでは家事代行業が人気を集め、保育園には待機児童が溢れています。**つまるところ／つまりは**、女性の社会進出が、家事・育児のアウトソーシングを促進するわけです。　在街頭巷尾，家事代辦業正受到歡迎，等待進入托兒所的幼兒也很多。總之／簡言之，女性走入職場，促進了家事、育兒的外包產業。

「以上（以上）」在整理前述內容的同時，也告知讀者文章將在這裡結束。如同「以上です（以上）」「以上、佐藤がお伝えしました（以

上，由佐藤通知各位）」般，在想要簡潔傳達文章時是相當方便的表現。

> ▶ ｛Ｅメールの末尾で｝ ご不明な点があれば、ご遠慮なくお問い合わせください。以上、よろしくお願いします。 ｛在電子信件結尾｝若有不清楚的地方，還請您不必客氣，儘管來信詢問。以上，再拜託您了。

「最後に」「おわりに」「おしまいに」（意思皆為最後）雖然也會用來表示列舉的最後，但這裡的「最後に」「おわりに」「おしまいに」是放在文章的最後面，也就是用來表示「這是這篇文章的最後了」。因此比起整理前述內容，更能感覺出總結文章的用意。

> ▶ ｛手紙文の末尾で｝ 最後に、お世話になったみなさまのご活躍を祈念し、お礼のご挨拶とさせていただきます。 ｛在書信末尾｝最後，請容我感謝各位的關照，期待各位的活躍。

「ついに」「とうとう」「やっと」「ようやく」（意思皆為終於、總算）在故事等文章中表現人的心情時是很常見的接續詞。

「ついに」表示多個預兆後產生的結局；「とうとう」表示經過一番波折後到達的結局；「やっと」表示等待已久的結局；「ようやく」則表示經過漫長時間後到來的結局。不論哪一個都具有副詞特性，在表示經過一連串漫長過程終於到達結尾這一點是相通的。

> ▶ 3分30秒すぎに、一瞬の隙を突いて、小内刈りで有効を取った。その後、相手の猛攻に必死で耐えること30秒。**ついに／とうとう／やっと／ようやく**オリンピックという大舞台での初勝利を手にした。 過3分30秒之際，突入對手一瞬間的破綻，用小內割取得有效分。之後30秒拼命阻擋對手猛攻。終於在奧運這個大舞台取得首勝。

Column　怎樣才算是接續詞？

　　每個研究者對於接續詞是否能作為品詞看法不一。有些研究者嚴格區分接續詞與副詞，只有專門用來完成談話機能的才能算是接續詞。其他研究者則認為「なぜかと言うと」這種複合形式不算接續詞，只能當成接續表達方式，而「なぜなら」這種慣用形才算是接續詞。還有一些研究者認為品詞須藉由其在句中的文法機能而定，所以跨越句子、用來連結的接續詞根本不算是品詞，只當成是稱為接續副詞的一種副詞。

　　由於本書為實用書，所以避開接續詞的嚴格定義，只要是有連接前後文功能的全都認定為接續詞。或許讀者會覺得：「這樣也算接續詞？」不過請將其當成廣義的接續詞吧。

　　比起找出接續詞的嚴格定義，思考其緣由應是更加重要的。一般認為明治以後，因為近代化使句子的概念變得明確，且言文一致運動讓句尾形式更為完備，所以文章中的接續詞才漸漸變成接近現代語的體系。

　　接續詞中，有像「だから」「なのに」這種從句子中切出來的形式，也有「それで」「このように」這種用指示詞「そ」「こ」來承接前文的形式。還有一種是「とくに」「また」這類擴張副詞用法的類型。

　　這樣看來，與其說接續詞原本是一種品詞，不如說更像是從其他品詞中衍生的語詞，放在句首表示前後文關係，在固定化其功能後才有了接續詞這種詞類。嚴格來看，或許仍是一種難以定義的品詞。

結論
不變

いずれにしても／どちらにしても

表示不論前述內容如何，後文依然成立

變化 いずれにしろ／いずれにせよ／なんにしろ／なんにせよ／どっちにしても／どのみち／どっちみち

　　不變接續詞表示不論前文有多少情況，最後結果還是不會改變。

　　「いずれにしろ」「いずれにせよ」（意思皆為不論如何）語氣稍微強硬，而「いずれにしても（反正）」雖然不柔軟，但也不太強硬。它們都預告了不論在前文中展示了多少種情況，不管哪一種都不會影響後文，後文依然成立。在下例中，展示了口渴、頻尿、體重減輕、容易疲勞四種情況。

▶ 糖尿病の自覚症状は、のどがよく渇く、尿の量・回数が多い、体重が減少する、全身がだるく疲れやすいなどがあります。**いずれにしろ／いずれにせよ／いずれにしても**、自分で判断せず、すぐにかかりつけの医師に相談してください。　糖尿病的自覺症狀有容易口渴、尿量與次數多、體重減輕、身體容易厭倦疲憊。不論如何／反正，都不要自己判斷，盡快請熟悉的醫師做診斷。

　　「なんにしろ」「なんにせよ」與「いずれにしろ」「いずれにせよ」「いずれにしても」的用法幾乎相同，只是強調了說話的人「不管選哪一個」的選擇意識。

▶ 国内で友人たちをたくさん招いた挙式も素敵ですし、海外で家族と親しい友人だけでする挙式も一生の思い出になるでしょう。もちろん、挙式をせずに市役所で婚姻届を出す方法もあります。**なんにしろ／なんにせよ**、婚約者と両親とでゆっくり相談して決めるのが一

番^{ばん}です。 在國內邀請許多朋友來參加婚禮很棒，或是到外國只跟家人與摯友舉辦婚禮，也會成為一輩子的回憶。當然，也有不舉辦婚禮，直接到市公所提出結婚申請書的方法。不論如何，讓新人與彼此雙親從長計議才是最好的。

另一方面，「どっちにしても（不管哪個）」是稍微非正式的表達方式，「どちらにしても」語氣雖然不強硬，但也不特別柔軟。跟「いずれにしろ」「いずれにせよ」「いずれにしても」相同，前文都提示複數情況，但差別在於多半都是二選一。

▶ 油^{あぶら}そばを初^{はじ}めて食^たべたときは驚^{おどろ}いた。麺^{めん}に油^{あぶら}がかかっていると言^いうべきか。あるいは、油^{あぶら}の水^{みず}たまりに麺^{めん}の一部^{いちぶ}が浸^{ひた}っていると言^いうべきか。**どっちにしても／どちらにしても**、ラーメンともつけ麺^{めん}とも違^{ちが}う、新感覚^{しんかんかく}の麺^{めん}であった。 第一次吃油蕎麥的時候我真的嚇了一跳。不知道該說是麵上淋油，還是在油湯裡泡進部分麵體。不管是哪個，口感跟拉麵與沾麵都不同，非常新穎。

「どのみち」「どっちみち」（意思皆為反正）都是非正式的表達方式，含有不管做或不做結果都相同、令人死心的語感。在後文中，時常補足為何結果都相同的理由。

▶ 盛^もりつけがきれいでも汚^{きたな}くても一緒^{いっしょ}だと思^{おも}う。**どのみち／どっちみち**、胃^いのなかで混^まざりあうわけだから。 不管擺盤漂亮與否都沒差。反正，吃到胃裡都攪在一起。

とにかく／ともかく／ともあれ

表示與前述內容沒有關係，後文依然成立

變化　なにはともあれ／それにつけても

　　「とにかく」「ともかく」（意思皆為總之）在前文中敘述許多作為前提的事項，然後再表示寫作者認為最應優先的事情。

▶ 体調の悪いときは無理に出勤せず、家でもパソコンに向かわず、ゆっくり寝ていてください。**とにかく／ともかく**、安静が一番です。　身體不舒服時不要勉強上班，在家也不要看電腦，請好好地睡覺休息。總之，靜養優先。

　　再介紹一個例子吧。這是夏目漱石的《少爺》中，貓在主人睡覺時，實況轉播小偷潛進家中物色財物的場面。

▶ それから小供のちゃんちゃんを二枚、主人のめり安の股引の中へ押し込むと、股のあたりが丸く膨れて青大将が蛙を飲んだような──あるいは青大将の臨月と云う方がよく形容し得るかも知れん。**とにかく**変な恰好になった。　之後他把兒童的兩件無袖棉外套，塞進主人的針織緊身褲裡，結果褲襠膨成一球，像是錦蛇吞進青蛙一般──或説是錦蛇臨盆可能還較為貼切。總之裝扮很古怪。

　　這邊用像是蛇吞青蛙，又像是蛇懷孕的奇特說法，來比喻無袖棉外套塞進緊身褲裡的樣子。這樣的確可說是「總之裝扮很古怪」。

　　「ともあれ（總之）」與「とにかく」「ともかく」的用法很像，不過比較沒有急著導出結論的語感，常用於正面的內容。「なにはとも

あれ」意思相同，但語感更為清晰明確。

> ▶ 浪人中はつらい時期もあったかと思います。でも、そうした苦労
> も、きっと将来役に立つときがくるでしょう。**ともあれ／なにはと
> もあれ**、合格ほんとうにおめでとうございます。 我想你重考時一定
> 也有艱苦的時期吧！但是辛苦在將來一定有回報。總之，恭喜你考上。

「それにつけても（儘管如此）」是以「それにつけても金のほし
さよ」一句聞名的接續詞。「それにつけても金のほしさよ」是進行連
句時，不論上句是什麼都能用在下句的萬能句。據說從太田南畝的詩句
「世の中は　いつも月夜と米の飯　それにつけても金の欲しさよ（世
上總有　月夜米飯　儘管如此　仍想要錢）」而來。

只要是能聯想到的事物，「それにつけても」都能將其連結在一起。
著名的餅乾廣告詞「儘管如此餅乾還是要 Curl」就有不管前文說了什麼，
但都能講到「餅乾還是要 Curl」的有趣效果。

> ▶ 私の学部時代の恩師の最終講義はもう 15 年も前のことになるが、
> 今でも心に残る名講義であった。**それにつけても**、悔やまれるの
> は、当時、録音しておかなかったことだ。 我大學時代的恩師最後一
> 次授課已是 15 年前的事，但那堂課仍深深留在心中。儘管如此，我後悔
> 的是當時，沒能把那堂課給先錄音下來。

第 6 章

接續詞與文章脈絡
尋求前後文的協調

【問題】

為什麼下列①與②的例句總有一種異樣感呢？請思考其原因。

① 温暖化が進んだ結果、クーラーに依存するしかない夏場が過ごしにくくなった。しかし、ヒーター、ストーブ、こたつなど、快適に過ごす選択肢の多い冬場がさらに過ごしやすくなった。　全球暖化的結果，就是必須仰賴冷氣的夏天越來越難生活了。但是能用電暖爐、火爐、暖桌等多種選擇輕鬆度過的冬天變得越來越容易生活了。

② 暖かくなりました。また、桜が咲きはじめました。もうすっかり春ですね。　天氣變暖了，而且櫻花開始開了。已經是春天了呢！

　　若只有接續詞，是無法發揮功能的，必須要調和前後文，才能完整發揮其功能。

　　在使用接續詞時，**提示助詞**是重要的角色。具體來說就是係助詞的「は」以及副助詞的「も」。

　　「は」帶有表示對比的功能，適合與逆接或對比接續詞搭配。在下例中雖然使用格助詞「が」語意不夠準確，但換成「は」看來會更適當。

▶ 日本では、異性にプレゼントをする記念日として、チョコを贈るバレンタインデー**が**すでに定着している。**しかし／一方**、本を贈るサンジョルディの日**が**いまだ定着していない。　在日本，贈送巧克力的情人節已被認知為贈送異性禮物的節日。但是／另一方面，贈送書的聖喬治節仍不為人所知。

▶ 日本では、異性にプレゼントをする記念日として、チョコを贈るバレンタインデー**は**すでに定着している。**しかし／一方**、本を贈るサ

ンジョルディの日^ひはいまだ定着^{ていちゃく}していない。 在日本，贈送巧克力的情人節已被認知為贈送異性禮物的節日。但是／另一方面，贈送書的聖喬治節仍不為人所知。

【問題】的①也是只要把「が」改成「は」看來就比較自然。

▶ 温暖化^{おんだんか}が進^{すす}んだ結果^{けっか}、クーラーに依存^{いそん}するしかない夏場^{なつば}は過^すごしにくくなった。**しかし**、ヒーター、ストーブ、こたつなど、快適^{かいてき}に過^すごす選択肢^{せんたくし}の多^{おお}い冬場^{ふゆば}はさらに過^すごしやすくなった。 全球暖化的結果，就是必須仰賴冷氣的夏天越來越難生活了。但是能用電暖爐、火爐、暖桌等多種選擇輕鬆度過的冬天變得越來越容易生活了。

另一方面，「も」則有「再加上～」語感的累加助詞，適合搭配並列或累加接續詞。下例將格助詞「が」改成副助詞「も」自然許多。

▶ 睡眠不足^{すいみんぶそく}になると、脳^{のう}の働^{はたら}きが鈍^{にぶ}くなる。集中力^{しゅうちゅうりょく}が衰^{おとろ}える。**また／それに**、記憶力^{きおくりょく}が低下^{ていか}する。 若睡眠不足，腦的運作就變得遲緩。集中力會衰退。然後／而且，記憶力會下降。

▶ 睡眠不足^{すいみんぶそく}になると、脳^{のう}の働^{はたら}きが鈍^{にぶ}くなる。集中力^{しゅうちゅうりょく}も衰^{おとろ}える。**また／それに**、記憶力^{きおくりょく}も低下^{ていか}する。 若睡眠不足，腦的運作就變得遲緩。集中力會衰退。然後／而且，記憶力也會下降。

【問題】的②也把「が」改成「も」，使用「また」比較自然。

▶ 暖^{あたた}かくなりました。**また**、桜^{さくら}も咲^さきはじめました。もうすっかり春^{はる}ですね。 天氣變暖了，而且櫻花也開始開了。已經是春天了呢。

重點就是逆接、對比接續詞搭配「は」，並列、累加接續詞搭配「も」！

【問題】

試猜想下列①～③的句子後面會接上什麼內容。

①たしかに、労働時間も長く、残業も多い業界に就職をためらう気持ちも理解はできる。　的確，我能理解到在勞動時間長、加班多的業界就業會令人感到猶豫的心情。

②一見、どの働きアリも忙しそうに働いているように見えるかもしれない。　乍看之下，或許每隻工蟻看起來都忙著工作。

③当初、売上見通しは前年度比 150％を見込んでいた。　當初，我預估銷售額的前年度比會是 150％。

是不是覺得【問題】舉出的①～③，每句都會接上逆接呢？譬如像這樣：

①たしかに、労働時間も長く、残業も多い業界に就職をためらう気持ちも理解はできる。**しかし**、それがほんとうに自分のやりたい仕事ならば、挑戦する価値はあると思う。　的確，我能理解到在勞動時間長、加班多的業界就業會令人感到猶豫的心情。可是，如果那真的是自己想做的工作，我覺得有挑戰的價值。

②一見、どの働きアリも忙しそうに働いているように見えるかもしれない。**ところが**、なかには働いていない働きアリもいるのだ。　乍看之下，或許每隻工蟻都忙著工作。然而，其中也有沒在工作的工蟻。

③当初、売上見通しは前年度比 150％を見込んでいた。**だが**、現実にはかなりの下方修正を迫られ、結局、前年度並みになってしまっ

た。　當初，我預估銷售額的前年度比是 150％。但是現實中被迫下修，
結果變得與前年度相同。

　　但是為什麼我們能預測到後面會接上逆接的句子呢？秘密就在①～
③句子的語意中。

　　逆接接續詞雖然能預告違反讀者預測的發展，但要是突然出現，讀
者可能會嚇一跳、感覺不適應，甚至會覺得混亂。

　　為了避免這種狀況，**讓步**是個有效的表現手法。在逆接接續詞出現
前，透過「たしかに～理解はできる（的確～能理解）」「一見～かも
しれない（乍看～或許）」等，寫作者對異於自身主張的立場表示理解
的表現方法，來暗示接下來會有逆接的內容。

　　這時候類似副詞的表達方式非常有效。①的「たしかに（的確）」、
②的「一見（乍看之下）」、③的「当初（當初）」皆是如此。

　　表示同意的副詞「たしかに」的同伴中還有「もちろん（當然）」
「むろん（不用說）」「なるほど（原來如此）」等等。

▶ **たしかに／もちろん／むろん／なるほど**、地震の多い日本は留学生
が住むのに不安な面もあろう。**しかし**、そのおかげで耐震技術が
もっとも進んでいる国でもあるのだ。　的確／當然／不用說／原來如
此，在地震頻發的日本居住對留學生來說也有不安的一面吧！但歸功於
此，日本也是耐震技術最發達的國家。

　　另外，副詞「一見」還有「見たところ（看起來）」「外見上（外
表上）」「表面上（表面上）」等，表達外表與內容不同的其他類似副
詞，這些也帶有讓步的意思。

▶ 部長は、**一見／見たところ／外見上／表面上**、こわもてで、取っつ
きにくい印象がある。**しかし**、じつは気さくで心優しいひとなの
だ。　部長乍看之下／看起來／外表上／表面上給人態度強硬、難以親近
的印象。但是，實際上是個平易近人、溫和的人。

副詞「当初」還有「出だしは（起先）」「初めは（一開始）」「最初は（起初）」等表示著手時與現在狀況不同的其他類似副詞。

▶ **当初／出だしは／初めは／最初は**、計画どおり順調に進んでいた。**ところが**、３ヶ月を過ぎるころから、計画が狂いはじめた。　當初／起先／一開始／起初，照計畫順利進行。然而，在過了３個月後，計畫開始變調。

「従来（以往）」「以前は（以前）」「本来は（本來）」「もともと（原本）」等也與「当初」相似，預告以前或應有的樣子與實際的樣子不同。

▶ お歳暮は、**従来／以前は／本来は／もともと**、お正月を迎えるのに必要なものを贈るためのものだった。**しかし**、現在では、季節感のないものを贈ることも増えている。　以往／以前／本來／原本年末送禮送的是迎接新年的必需品。可是到了現代，也有許多人開始送沒有季節感的禮物。

能產生讓步之意的不僅有「たしかに」「一見」「当初」等副詞，第６章之１的係助詞「は」與副助詞「も」也可以。

▶ 労働者には、働きたい会社を選ぶ権利**は**ある。**しかし**、会社にも、働いてほしい人を選ぶ権利があるのだ。　勞工有權利挑選想工作的公司。可是公司也有權利挑選希望對方能來工作的人。

▶ 僕には、社会的な権力**も**なければ豊かな経済力**も**ない。**ただ**、周囲の人に役立ちたいという思いだけはある。　我沒有社會上的權力，也沒有充裕的經濟能力。只是，有個想幫助周遭他人的心願。

為了提升讓步的精密度，句尾的形態很重要。想寫出讓步的意涵，使用「かもしれない（說不定）」「だろう（吧）」「〜う／よう（做〜吧）」等推量表現，減弱句尾斷定的語氣是基本技巧。

▶ 昔ながらの粉石けんには、合成洗剤にくらべて水に溶けにくいという難点は**あるかもしれない／あるだろう／あろう。しかし**、安全性が高く、環境に優しい点で、手放せない洗剤である。 以往的肥皂粉跟合成清潔劑比起來有難溶於水的缺點也說不定／有難溶於水的缺點吧！但是非常安全，對環境友善，是種無法割捨的清潔劑。

另外，在與副詞的關係裡，對應「一見」的「ように見える」「そうに見える」，或是對應「当初」「従来」的「〜ていた」等，都能加強句子的讓步性。

▶ 中国人にとって、漢字のある日本語は学びやすそうに見える。しかし、実際は漢字があるがゆえに、日中の意味の微妙な違いに悩まされるのである。 對中國人而言，有漢字的日語看起來很好學。但實際上正因為有漢字，才會對日中漢字意思的微妙差異感到困惑。

▶ 高度成長期を中心としたかつての日本では、分厚い中流階級が消費経済を支えていた。しかし、現代の格差社会のなかでは、消費経済を支える層が薄くなってしまっている。 過去高度成長期的日本有龐大的中產階級支撐消費經濟。但在現代貧富差距大的社會，支撐消費經濟的階級正在消失。

像這樣藉由副詞、助詞、句尾這 3 層作用，就能發揮功能，預告接下來會連結逆接的內容。

活用讓步

たしかに、～は（ある）かもしれない。
副詞　　助詞　　　　句尾

しかし……
逆接

3 │ 活用說明句

【問題】

下列①與②中，注意劃底線的接續詞，並在〔 　　　　 〕裡填入適當的句尾表達方式。

① 私は課長に午後６時には本社を出たいと伝えた。<u>というのは、</u>その日の新幹線でその日じゅうに岡山に移動する必要があった[　　　]。　我跟課長說下午６點要離開公司。之所以這麼說，是因為當天必須要坐新幹線到岡山。

② 所得税は、所得、すなわち収入－経費にかかってくる税である。<u>つまり、</u>収入が多くても、そのぶんの経費が多ければ、税額は下がる[　　　]。　所得稅是由所得，亦即收入－經費計算得來。也就是說，就算收入多，只要經費也多，稅額就會下降。

　　過去我曾在拙作《文章は接続詞で決まる》中，提倡**句尾接續詞**這個觀點。

　　只要看「なぜなら」這個接續詞就能了解，凡用「なぜなら」開頭的句子大多都用「からだ（因為）」結尾。而且雖然沒有「なぜなら」而有「からだ」的句子很常見，但幾乎沒看過沒有「からだ」而有「なぜなら」的句子。這樣看來，英語的「because」並非對應日語的「なぜなら」，對應「からだ」才是正確的。也就是說，「からだ」具有句尾接續詞的功能。

　　除了「からだ」之外，「ためだ（因為）」「のだ（表說明）」「わけだ（因此才會）」都能發揮類似功能。

　　先從「からだ」開始看吧！「からだ」搭配「なぜなら」「なぜかと言うと」「というのは」「というのも」等理由接續詞。順帶一提，

就只有「だって（畢竟）」適合搭配「なんだもん（～這樣嘛）」這種孩子氣般的句尾表現。

▶ 広告には限界がある。**なぜなら／なぜかと言うと／というのは／というのも**、広告であることを消費者に意識された瞬間に、情報の信頼性ががくんと下がってしまう**からだ**。　廣告有其極限。要說為何／之所以這麼說，是因為當消費者意識到這是廣告的瞬間，資訊的可信度就突然大幅降低了。

　【問題】的①因為有「というのは」，句尾填入「からだ」會更自然。

①私は課長に午後 6 時には本社を出たいと伝えた。**というのは**、その日の新幹線でその日じゅうに岡山に移動する必要があった**からだ**。　我跟課長說下午 6 點要離開公司。之所以這麼說，是因為當天必須要坐新幹線到岡山。

　「ためだ」跟「からだ」很像，但更偏向表示事物的原因，比較多用在不太令人喜歡的理由上。

▶ 最近の若い世代は、読める漢字は増える一方、書ける漢字は減っている。IT 機器の日常的な使用にともない、手書きの機会が減っている**ためだ**。　最近的年輕世代雖然能讀的漢字變多了，但會寫的漢字卻變少了。因為隨著日常中使用資訊裝置，手寫的機會變少了。

　接著來看看「のだ」吧。這裡說的「のだ」是「のだ」「のである」「のです」「んだ」「んです」的總稱，不僅作為句尾的接續表達方式，出現頻率非常高，能在許多情況使用，能呼應各種接續詞，更新讀者的認知。

因為它有換句話說的功能，所以常用來配合換言接續詞「つまり」「ようするに」等。

▶ オオムラサキは、光沢のある青紫色をした羽を持つ（ただし雄のみ）国内でも最大級の国蝶として知られている。**つまり／ようするに、日本の蝶の王様なのである。** 大紫蛺蝶擁有青紫光澤的翅膀（僅有雄蝶），是國內最大型的蝴蝶，作為國蝶為人所知。亦即／總而言之，大紫蛺蝶是日本蝴蝶的國王。

此外，「のだ」更新認知的作用，會以加強結論的形式，跟順接接續詞「だから」「そのため」「したがって」或是結論接續詞「このように」「こうして」等一起搭配使用。

▶ 関アジ・関サバのように、豊かな森を水源とする栄養豊富な川の水が流れこむ海で獲れる魚は、味が違う。**だから／そのため／したがって、海の魚を育てるには、川を、そして豊かな森を育てなければいけないのだ。** 以豐饒森林為水源、營養豐富的河川，在流進海洋後會孕育出關竹筴、關鯖這種滋味鮮美的海魚。所以／因此／因而，想培育海魚，就必須照顧河川，以及豐饒的森林。

「のだ」更新認知的作用還另能跟「しかし」「だが」「ところが」等逆接接續詞搭配，用來強調意外感。

▶ 税務調査の対象になりやすい業種というと、パチンコ業や風俗業など申告漏れの多い業種が一般的でしょう。**しかし、そうした業種にかぎらず、飲食業や理容業など、現金取引の多い業種はどこも税務署に狙われやすいのです。** 一般多認為容易變成稅務調查目標的是柏青哥業或風俗業等常發生逃漏稅的業種。但不只這些業種，飲食或美容業等，現金交易多的業種也是稅務署的目標。

151

【問題】的②中有換言接續詞「つまり」，因此在句尾填入「のである」就能提高說服力。

②所得税は、所得、すなわち収入－経費にかかってくる税である。**つまり、収入が多くても、そのぶんの経費が多ければ、税額は下がるのである。** 所得税是由所得，亦即收入－經費計算得來。也就是説，就算收入多，只要經費也多，税額就會下降。

「わけだ」用法近似「のだ」，但常用在讀者能輕易想像的內容，帶有「如您所知〜」的語感。因此，雖然無法配合逆接接續詞，但跟「つまり」等換言接續詞，或是「だから」這些順接、結論接續詞似乎很好搭配。

▶ 厚生労働省の統計によると、死因別死亡割合のうち、悪性新生物が29.5％を占めている。**つまり、がんが死亡率の約 3 割を占めているわけだ。** 根據厚生勞動省統計，死因比率中，惡性腫瘤占 29.5%。也就是説，癌症因此才會占死亡率約 3 成。

句尾的說明接續詞
表理由的「からだ」「ためだ」……適合理由接續詞
表更新認知的「のだ」「わけだ」……適合換言接續詞或順接、結論接續詞（「のだ」也適合逆接接續詞）

4 | 活用否定句

【問題】

試猜想下列①與②之後的句子會有什麼內容。

①東京ディズニーランドの強みは、豊富な資金力に基づく豪華な設備やキャストにあるのではない。 東京迪士尼樂園的強項不是基於有充裕資金力的豪華設施或演出陣容。

②歯周病の影響は口のなかにとどまらない。 牙周病的影響不止於口腔內。

　　否定句必須對立於肯定句，如此才會獲得表達上的實際意義。因此當某個否定句出現，就能預測接下來會出現成對的肯定句。這同樣也稱作**句尾接續詞**。

　　否定句的句尾接續詞，大致分成兩個類型。一種是「not A but B」的句型，另一種是「not only A but also B」的句型。

　　「not A but B」就是句尾典型的「～のではない」句型。同時也常跟「～のは……ではない」搭配使用。

▶ 海外の原材料を安い値段で買えなくなることが、円安の問題な**のではない**。土地や建物などの国内のインフラを外国資本に安く買い占められることが、真の問題なのだ。 無法以便宜的價格購買國外原料不是日圓貶值的問題。土地、廠房等國內基礎設施被外國資本大舉便宜買走才是真正問題。

▶ 私たちがこの調査で明らかにしたい**のは**、環境汚染が及ぼす深刻な影響とその広がり**ではない**。ここまで深刻な環境汚染を引き起こし

た原因_{げんいん}とそのメカニズムだ。 我們在這份調查中要究明的，不是環境汙染的嚴重影響與蔓延範圍，而是引起這麼嚴重汙染環境的原因與機制。

另外，如果只是「A 是 B」這樣的名詞句，不用「〜のではない」形式的普通否定句也能有同樣效果。

▶ ニュースの原稿_{げんこう}は単_{たん}なる書_かき言葉_{ことば}ではない。耳_{みみ}から入_{はい}って意味_{いみ}が取_とれるように設計_{せっけい}された話_{はな}し言葉_{ことば}なのだ。 新聞原稿不是單純的書面語，而是設計成聽到就能理解意思的口語。

這些句尾接續詞的優點是能事先表示與下一句的關係，讓讀者在閱讀下一句時能抱有「會有什麼發展呢」的期待。【問題】的①中，讀者看到東京迪士尼樂園的強項若不是源於充裕資金力的豪華設施與演出陣容，就會在意起後續的結論而繼續往下看。

①東京_{とうきょう}ディズニーランドの強_{つよ}みは、豊富_{ほうふ}な資金力_{しきんりょく}に基_{もと}づく豪華_{ごうか}な設_{せつ}備_びやキャストにあるのではない。一_{ひと}つしかない入_いり口_{ぐち}、ゴミ一_{ひと}つない園内_{えんない}、場内_{じょうない}アナウンスの遮断_{しゃだん}など、非日常性_{ひにちじょうせい}の徹底_{てってい}した演出_{えんしゅつ}にある。 東京迪士尼樂園的強項不是基於有充裕資金力的豪華設施或演出陣容，而是只有一個入口、園區沒有任何垃圾、隔絕園內廣播等，徹底展現有別於日常生活的世界。

這麼一來讀者的意識就會轉移到「一_{ひと}つしかない入_いり口_{ぐち}」「ゴミ一_{ひと}つない園内_{えんない}」「場内_{じょうない}アナウンスの遮断_{しゃだん}」等徹底的非日常上吧。

另一方面，「not only A but also B」的句型，就是限定表現與否定句的組合。具體來說就是「〜だけではない（不只〜）」「〜にかぎらない（不限於〜）」「〜にとどまらない（不止於〜）」「〜ばかりではない（不只有〜）」這四種代表句型。

▶ 一流のスポーツ選手がその輝きを放つのは、本番のスタジアムで最高のパフォーマンスを発揮するとき**だけではない／にかぎらない／にとどまらない／ばかりではない**。夜間の練習グラウンドや屋内のジムなど、人目に付かないところで厳しい反復練習を全力で続けているときにこそ、真の輝きを放っているのだ。 一流運動選手綻放光輝，不只／不限於／不止於／不只有在正式運動場上發揮最高技巧的時候。在夜晚的練習場、屋內的健身房等他人沒看到的地方全力進行嚴格的反覆練習時，才會綻放真正的光輝。

在有島武郎《與幼小者》，是篇站在父親立場寫給失去母親的孩子的文章。筆者描寫妻子與病魔對抗的艱苦生活，並述說妻子堅決不與孩子會面的決心。以下是母親關愛孩子的心境讓人感動的一幕。

▶ 母上は血の涙を泣きながら、死んでもお前たちに会わない決心を飜さなかった。それは病菌をお前たちに伝えるのを恐れた**ばかりではない**。又お前たちを見る事によって自分の心の破れるのを恐れた**ばかりではない**。お前たちの清い心に残酷な死の姿を見せて、お前たちの一生をいやが上に暗くする事を恐れ、お前たちの伸び伸びて行かなければならぬ霊魂に少しでも大きな傷を残す事を恐れたのだ。 母親泣著血，仍不改就算死也不與你們相見的決心。她不只害怕病菌會傳染給了你們，也不只害怕看到你們會潰失她的決心。她害怕是，使你們清靈的心看見她殘酷死去的模樣，爾後一生蒙受無比黯淡；她害怕是，你們必須不斷成長的靈魂，卻因她而刻上了深深的傷痕。

害怕讓孩子看到對抗病魔的自己，會給孩子留下心靈創傷，並對孩子將來成長造成不良影響，所以母親才貫徹不與孩子見面的選擇。而這份決心能好好傳達給讀者，應該能歸功於反覆出現的「～ばかりではない」吧！

【問題】的②中，也活用了對「not only A but also B」句型的預測。

若真是「牙周病的影響不止於口腔內」，那麼影響究竟會擴大到什麼地步，讀者就會一邊仔細注意一邊閱讀後文。

②歯周病の影響は口のなかにとどまらない。心臓疾患や脳血管疾患、糖尿病をはじめ、全身の健康に影響を及ぼすと考えられている。 牙周病的影響不止於口腔內。現認為除了心臟疾病、腦血管疾病與糖尿病外，牙周病還可能影響到全身的健康。

　　這樣一來，以心臟疾病、腦血管疾病與糖尿病為開端，遍布到全身造成影響的部分，就能明確地傳達給讀者。

句尾的否定接續詞

「not A but B」型

　誘發「不是 A →那是什麼？」的預測

　「～のではない」「～のは……ではない」

「not only A but also B」型

　誘發「不是 A →那其他還有什麼？」的預測

　「～だけではない」「～にかぎらない」「～にとどまらない」「～ばかりではない」

第 7 章

接續詞的實踐
靈活運用接續詞

【問題】

請在下列文章中的〔　　　〕填入適當的接續詞。

　　こんにちは。酒井＠Ｂ級グルメマニアです。　大家好，我是酒井＠平民美食狂熱者。

　　ラーメンスクエアのある立川はラーメン店の激戦区として知られていますが、辛いもの好きのマニアのあいだでは、カレー店の激戦区としても有名です。　Ramen Square 所在地立川以拉麵店激戰區聞名，不過對於喜歡吃辣的狂熱粉絲來說，這裡也是著名咖哩店激戰區。

　　〔　　　〕早速、立川のカレー有名店を紹介して行きましょう。〔　　　〕趕快來介紹立川的咖哩名店吧。

　　〔　　　〕、南口の駅前にあるみくにカレー。ここは、インド人シェフが 30 年以上続けている老舗です。インドの宮廷料理人が現地で調合しているというガラムマサラを取り寄せて使っている本格カレーが手ごろな値段で楽しめます。〔　　　〕，南口的站前有 Mikuni 咖哩。這裡是由印度人主廚開設超過 30 年的老店。店內使用的葛拉姆馬薩拉由印度宮廷廚師在當地調配而成，能以平價享用印度道地的咖哩。

　　〔　　　〕、北口から歩いて 5 分ほどのところにあるカレー半島。ここでは、レモングラスがベースの、優しい味のマレーシアカレーが心ゆくまで味わえます。〔　　　〕，從北口步行 5 分鐘處有咖哩半島。在這裡能盡情品嘗以檸檬香茅為基底，味道溫和的馬來西亞咖哩。

　　〔　　　〕、南口から東へ歩いて 15 分。立川駅と国立駅の中間地点にある谷保カレー。個人的にはここが一押しです。ここのお勧めはマトン・カレー。特有の臭みのないマトンのざっくりした歯ご

たえと、もちもちしたナンの取り合わせが絶品です。〔　　　〕，

從南口往東步行 15 分鐘，谷保咖哩就位在立川站與國立站的中間。個人最喜愛這裡，推薦的是羊肉咖哩。不僅沒有羊肉特有腥味，而且口感紮實，配合彈牙的南餅可謂是一道絕品。

[　　　] また、次回の更新をお楽しみに！〔　　　〕，請期待下次的更新！

接續詞不只在思考下一句內容時很有幫助，在營造文章整體結構時也能發揮作用。

譬如突然說請寫出料理的作法，對於沒寫過的人來說肯定會覺得很困擾。可是用以下提示……

導入部：寫出需準備的材料

展開部：寫出具體的烹調步驟

結尾部：寫出成品

3 部構成就能寫出文章。在展開部的烹調步驟裡，使用接續詞「まず」「つぎに」「さらに」「そして」，就應該能輕易地寫出步驟了。

以鬆餅的製作方法為例。準備的材料有低筋麵粉、牛奶、蛋、砂糖。烹調步驟只有攪拌後烘烤而已。完成後的成品，寫上添加奶油或果醬等佐料。若要寫成具體文章，就如下列所示。

{導入部} 簡単に作れるおいしいホットケーキの作り方を紹介します。用意する材料は、薄力粉 200g、牛乳 200cc、卵 2 個、砂糖大さじ 4 杯です。これで朝食なら 3 名分くらいになります。{導入部} 來介紹好吃又能輕鬆做出來的鬆餅。要準備的材料有低筋麵粉 200g、牛奶 200cc、蛋 2 顆、砂糖 4 大茶匙。這樣的份量能做出 3 人份的早餐。

{展開部} まず、ボールに卵、砂糖を入れ、泡立て器を使って泡立てます。ベーキングパウダーを入れないので、7 分立てをイメージし

て泡立てましょう。しっかり泡立てることで、仕上がりがふっくらします。﹛展開部﹜首先，把蛋與砂糖打進碗中，再用打蛋器攪拌。由於沒有放入泡打粉，所以攪拌至七分發左右吧！只要打發完整，成品就會飽滿鬆軟。

　つぎに、そこに牛乳を入れて軽く混ぜます。さらに、そこに薄力粉をふるい入れ、泡をつぶさないようにざっくりと混ぜてください。そして、その生地をテフロン加工のフライパンに流しこみ、弱めの中火で両面をじっくり焼いてできあがりです。　接著，倒入牛奶稍微攪拌。還有，篩進低筋麵粉，大致攪拌以避免拌破氣泡。然後，將麵糊倒進鐵氟龍加工的平底鍋中，用稍弱的中火煎好兩面後就完成了。

　﹛結末部﹜甘さ控えめの生地なので、お好みでバターやジャム、メープルシロップをかけてどうぞ。﹛結尾部﹜由於麵糊不會太甜，所以請隨自己喜好加上奶油、果醬或是楓糖漿吧！

　　善用接續詞，就能把文章結構明確傳達給讀者。雖然每個接續詞的作用很重要，但接續詞的組合也是很重要的。「まず」「つぎに」「さらに」「そして」等接續詞的組合，會發揮像條列式①②③④的功能，使烹調步驟看起來清晰明確。

　　不是只有在料理的做法中接續詞的組合才顯得重要。若要寫出長度不長、類型相似的文章，可活用稱為**接續詞範本**這種含有接續詞的文章範本。

　　譬如，若要寫出商用書信……

導入部：敘述時節問候

展開部：【さて（那麼）】……進入主旨

結尾部：【つきましては（因此）】……說出具體的要事

補充部：【なお（另外）】……補充須留意的點

可用以上的範本來書寫文章。另外，補充部若無必要也可以省略。

▶　秋の深まりを感じるこの時期、みなさまにおかれましては、ますますご清祥のこととお慶び申しあげます。　在深感入秋的這個時期，謹祝各位身體日益健康。

　　さて、弊社では、みなさまの日ごろの格別なるご厚誼に報いるべく、恒例の忘年会を下記の要領で催すことになりました。　那麼，敝公司為酬謝各位平日厚誼愛戴，將以下記要領舉辦慣例尾牙。

　　つきましては、お忙しいこととは存じますが、なにとぞご出席たまわりますよう、ご案内申しあげます。　因此，雖然深知各位忙碌，還請各位不吝出席。

　　なお、お店の予約の都合上、11月30日（金）までにご出欠をお知らせくださいますよう、よろしくお願いいたします。　另外，由於店家預約上的問題，還請各位在11月30日（星期五）前告知出席與否，麻煩各位了。

在論文、報告的開頭使用「しかし」「そこで」組合也是很有效的。

導入部：陳述先行研究的成果

展開部：【しかし（可是）】……指出先行研究的問題點

結尾部：【そこで（因此）】……提出克服問題點的建議

　　所謂研究便是站在先行研究的成果上，再加上先行研究未能提出的嶄新見識所成立的，所以在論文、報告的開頭使用這樣的範本，幾乎可說是必然的。譬如以下範例。

▶ 文法研究の関心が、文の局所的な要素から、文を越えるような広範囲の要素に広がるにつれ、接続詞を対象にした研究が近年急速に増えてきている。 文法研究的興趣隨著從句子的局部要素，升高到跨越句子的廣範圍要素，近年來以接續詞為對象的研究也急速增加了。

しかし、その対象は文章の接続詞が多く、会話、とくに雑談における接続詞使用の研究はほとんどない。 可是，其對象多為文章中的接續詞，關於會話、尤其是雜聊中的接續詞幾乎沒有研究。

そこで、本研究では、雑談における接続詞の出現頻度とその機能について分析を行うことにしたい。 因此，在本研究中，將針對雜聊中接續詞的使用頻率與其功能進行分析。

論文是將研究化為文章的文體，所以其中必須包含獨創性，也就是至今為止的研究未能闡明的部分。

另外像企劃書也多用來提議開發市場上沒有的新商品，同樣包含了全新的部分。以下是企劃書的範例。

▶ 文章の書き方を手ほどきする文章指南書はちまたに溢れています。 市面上隨處可見文章寫法的入門指南書。

しかし、接続詞を使った文章の書き方について書かれた文章指南書はほとんどありません。接続詞は文章の展開や構成を決めるカギになるものであり、接続詞を制するものが文章を制すると言っても過言ではありません。 可是，幾乎沒有針對使用接續詞來闡述文章寫法的文章指南書。接續詞是決定文章進展與結構的關鍵，說掌握接續詞就能掌握文章一點也不為過。

そこで、今回、接続詞の書き方に特化した本を提案します。 因此，這次我提議一本針對接續詞寫法的書。

我想很多人在撰寫文章的過程中，常會思考要放進什麼樣的接續詞。但是用這種方式寫出來的文章看起來很散漫，完成度並不高。

　　讀起來舒服的文章中，接續詞不會用得亂七八糟，具有統一感。其實這種統一感，源自於寫文章的人在撰寫前，對文章結構的認真思考。

　　譬如現在要寫一篇「雖然手機很方便，但也需要不拿手機的時間」的文章。若能活用接續詞，在事前決定好文章的設計圖——也就是大綱，就能寫出具有統一感的文章。請看看下方的大綱範例吧！

　　手機是方便的工具。

　　【たとえば（譬如）】……列舉有這麼方便的事

　　【しかし（可是）】……因此發生了令人困擾的事

　　【そこで（因此）】……嘗試限制自己使用手機

　　【その結果（結果）】……透過限制使用手機得到了好結果

　　【だから（所以）】……必須有不拿手機的時間

　　接著根據此大綱試著寫出文章。

　スマホは便利な道具です。　手機是方便的工具。

　たとえば、家族や友人といつでも連絡が取りあえ、親しい人とどこでもつながっている安心感が得られます。また、わからない言葉でも、電車の乗り換えでも、その場ですぐに調べられて、とても快適です。　譬如，可以隨時跟家人或朋友聯繫，得到在哪都與親近的人連結的安心感。另外，就算聽到不懂的詞、想要轉乘電車，也能馬上用手機查詢，非常便利。

　しかし、いつも誰かに連絡しなきゃ、コメントしなきゃという焦燥感に駆られている自分にふと不安になりました。充電器を忘れたときに、出先で充電切れに恐怖を感じている自分に嫌気が差したのです。　可是，我被必須跟他人聯絡、必須發言的焦躁感所逼，對此我感到很不安。我對出門忘了帶充電器、害怕手機沒電的自己感到厭煩。

　そこで、スマホを見る時間を、朝30分と夜30分の計1時間以内と決め、うっかり触らないように、スマホに面倒なパスワードを設定

しました。 因此，我決定只在早上 30 分鐘、夜晚 30 分鐘共 1 小時的時間內看手機，並設定麻煩的密碼，以免自己不自覺地看起手機。

その結果、考えごとに集中したり反対にボーッとしたりする時間が持てるようになり、ビジネスのアイデアが湧いてくるようになりました。また、人前でスマホをいじる癖がなくなり、目の前にいるリアルな家族や友人との会話を大切にできるようになった気がします。 結果，我得到能集中精神思考、或放空腦袋的時間，甚至湧出商業上的各種點子。此外，我在別人面前玩手機的習慣也消失了，開始珍惜與眼前真實的家人、朋友聊天的時光。

だから、自分の経験から、スマホを持たない時間も必要だと今なら自信を持って言える気がします。 所以，從自身的經驗上，現在我能帶著自信向各位説，我們需要不拿手機的時間。

只要在每個段落的起頭寫上表示大綱的接續詞，即使是稍長的文章也能帶有統一感。

最後，我們回頭介紹能用於像【問題】中部落格或電子雜誌的範本吧！

こんにちは。酒井＠Ｂ級グルメマニアです。 大家好，我是酒井＠平民美食狂熱者。

ラーメンスクエアのある立川はラーメン店の激戦区として知られていますが、辛いもの好きのマニアのあいだでは、カレー店の激戦区としても有名です。 Ramen Square 所在地立川以拉麵激戦區聞名，不過對於喜歡吃辣的狂熱粉絲來説，這裡也是著名咖哩店激戰區。

では早速、立川のカレー有名店を紹介して行きましょう。 那麼趕快來介紹立川的咖哩名店吧！

まず、南口の駅前にあるみくにカレー。ここは、インド人シェフが 30 年以上続けている老舗です。インドの宮廷料理人が現地で調合しているというガラムマサラを取り寄せて使っている本格カレーが手

ごろな値段で楽しめます。 首先，南口的站前有 Mikuni 咖哩。這裡是由印度人主廚開設超過 30 年的老店。店內使用的葛拉姆馬薩拉由印度宮廷廚師在當地調配而成，能以平價享用印度道地的咖哩。

つぎに、北口から歩いて 5 分ほどのところにあるカレー半島。ここでは、レモングラスがベースの、優しい味のマレーシアカレーが心ゆくまで味わえます。 接著，從北口步行 5 分鐘處有咖哩半島。在這裡能盡情品嘗以檸檬香茅為基底，味道溫和的馬來西亞咖哩。

さらに、南口から東へ歩いて 15 分。立川駅と国立駅の中間地点にある谷保カレー。個人的にはここが一押しです。ここのお勧めはマトン・カレー。特有の臭みのないマトンのざっくりした歯ごたえと、もちもちしたナンの取り合わせが絶品です。 然後，從南口往東步行 15 分鐘，谷保咖哩就位在立川站與國立站的中間。個人最喜愛這裡，推薦的是羊肉咖哩。不僅沒有羊肉特有腥味，而且口感紮實，配合彈牙的南餅可謂是一道絕品。

ではまた、次回の更新をお楽しみに！ 那麼，請期待下次的更新！

像【では早速】－【まず】－【つぎに】－【さらに】－【ではまた】這樣的文章關係，能夠有效、有力地傳達資訊。雖然不是每次都得用這樣的範本，但應該會是一個非常值得參考的雛形。

用接續詞製作大綱的要點
①從導入部－展開部－結尾部這樣的大方向來思考
②在細分大方向的同時，用接續詞整理文章關係
③留意文章的易讀性，在各段落的開頭配置接續詞

使用範本就能輕鬆寫出文章！

2 │ 組合發想

【問題】

在下列①～③的〔　　　〕〔　　　〕中，填入意思相近的兩個接續詞。

①就活に失敗し、就職浪人した時期もあった。〔　　　〕〔　　　〕、後悔はしていない。そのときの不安や焦燥が今につながっているのだから。　我曾有段就業失利、成為待業者的時期。〔　　　〕〔　　　〕，我不後悔。當時的不安與焦躁都造就了今日的我。

②日本一高い東京スカイツリー。東京のお出かけスポットとしての注目度は今でも高い。〔　　　〕〔　　　〕、入場者数は伸び悩んでいる。その理由は高い料金設定にあるらしい。　日本第一高建築晴空塔，是東京出門必去景點，目前也廣受矚目。〔　　　〕〔　　　〕，入場者數卻遲遲未見增長，理由似乎是因為參觀費過高。

③子育てをしていると、子どものことがかわいくて仕方がないと感じます。〔　　　〕〔　　　〕、ぐずったり、言うことをきかなかったりすると、憎らしく思えるときもあります。　開始育兒後，就會覺得小孩子可愛得不得了。〔　　　〕〔　　　〕，哭鬧或是不聽話的時候，又覺得非常可恨。

　　日語的接續詞有稱為**二重使用**的用法。如同「それからまた（在這之後）」，是在稍微嚴謹的口語中常出現的用法，另外也會用於書面。

　　二重使用的部分亦會增強接續詞的力道，因此若用得太頻繁，文章看起來會很矯作；不過只要在關鍵時刻用上二重使用，就能一口氣提升文章的效果。

　　二重使用分為兩種用法，一種是重疊意思相近的接續詞，加強接續詞作用的用法；以及組合意思相異的接續詞，表示兩種看法的用法。首

先，從重疊相近接續詞的用法開始吧！

下列的「だがしかし」「でもしかし」（意思皆為但是）重疊了逆接接續詞，強調了逆接語氣。上例也是【問題】①的答案。

▶ 就活に失敗し、就職浪人した時期もあった。**だがしかし**、後悔はしていない。そのときの不安や焦燥が今につながっているのだから。　我曾有段就業失利，成為待業者的時期。但是，我不後悔。當時的不安與焦躁都造就了今日的我。

▶ あなたの日本語は間違っていると言われると、反発を覚える人も多いだろう。**でもしかし**、あなたの日本語に自信があるかとあらためて問われると、戸惑う人が多いにちがいない。　如果被說你的日語錯了，相信有很多人會覺得反感吧！但是，若問及你對你的日語有自信嗎？也一定很多人覺得困惑。

接下來的「しかし一方」「だが一方」（意思皆為但另一方面），則重疊了逆接接續詞與對比接續詞。逆接與對比關係相近，強調了逆接的對比層面。上例也是【問題】②的答案。

▶ 日本一高い東京スカイツリー。東京のお出かけスポットとしての注目度は今でも高い。**しかし一方**、入場者数は伸び悩んでいる。その理由は高い料金設定にあるらしい。　日本第一高建築晴空塔，是東京出門必去景點，目前也廣受矚目。但另一方面，入場者數卻遲遲未見增長，理由似乎是因為參觀費過高。

▶ ポテトチップスやフライドポテトは若い世代を中心に人気がある。**だが一方**、発がんリスクを指摘する声もある。　洋芋片和薯條深受年輕世代喜愛。但另一方面，也有聲音指出這些食物有很高的罹癌風險。

對比不只與逆接相近，與並列也相似。「また一方」「そして一方」（意思皆為然後另一方面）強調了並列的對比層面。上例也是【問

題】③的答案。

▶ 子育てをしていると、子どものことがかわいくて仕方がないと感じます。**また一方**、ぐずったり、言うことをきかなかったりすると、憎らしく思えるときもあります。 開始育兒後，就會開始覺得小孩子可愛得不得了。然後另一方面，哭鬧或不聽話時，又覺得非常可恨。

▶ 変えてはいけないものがある。民主主義のような社会の根本理念がその典型である。**そして一方**、変えなければいけないものがある。時代から遅れた規制などの社会制度がそうである。 有些事物不可改變。如民主主義這樣社會的根本理念就是不可改變的典型。然後另一方面，有些事物必須得改變。落後於時代的限制等社會制度就是一例。

　　連結並列的「そして」跟「また」組合而成的「そしてまた（而且）」也很常見，擁有能明確指出並列關係的功能。另外，「そしてさらに（而且～更）」則有更進一步蓋過並列的印象。

▶ 新しい畳は落ち着いた緑色をしている。**そしてまた**、心を静める独特の香りもある。 新的榻榻米有著令人放鬆的綠色。而且，還有鎮靜心靈的獨特香氣。

▶ ナチュラルな化粧品を使うと、メイクが薄くなる。**そしてさらに**、メイク自体が楽になる。 使用自然系的化妝品，妝就不會那麼濃。而且化妝本身更會變得輕鬆。

　　類似「そしてまた」的組合還有「それからまた」。這同樣也有明確指出並列關係的功能。

▶ 自由には 2 種類ある。まず、「○○からの自由」がある。他者から干渉されない自由である。**それからまた**、「○○への自由」がある。

ある対象に主体的に関わる自己決定に基づく自由である。　自由有
兩種。第一種是「得自○○的自由」。這是不被他人干涉的自由。在這
之後是「對○○的自由」。這是能基於自己的主體，對某對象做出決定
的自由。

　　還有選擇與並列的組合。下面的「あるいはまた（又或是）」即是
一例。

▶ 学生生活をしていると、さまざまな困難に直面する。それは、勉学
上の問題であるかもしれない。**あるいはまた**、経済上の問題、さら
には精神面での問題かもしれない。　在學生生活中，常必須面對各種
困難。那可能是學習上的問題，又或是經濟上的問題，甚至説不定是精
神上的問題。

　　另一方面，組合意思不同的接續詞可以產生異化效果。下面是組合
「しかし」這個逆接接續詞與「だからこそ」這個順接接續詞後，提高
說服力的一個例句。

▶ 人生はなかなか自分の思い通りにはいかないもの。**しかしだからこ
そ**、面白い。　人生往往不能如意。可正因如此，才有趣。

　　順帶一提，因為「しかし、だからといって」都是逆接接續詞，所
以沒有異化效果，而有重疊相近語詞產生的強調效果。

▶ 料理もおいしくて、値段もリーズナブル。**しかし、だからといって、**
お客の満足度が高いとはかぎらない。　料理好吃，價格實惠。但就算
這麼説，顧客滿意度也不一定就會高。

3 | 電視字幕的接續詞

> 【問題】
>
> 試猜想接續詞後會連接什麼樣的內容。
>
> ①当日はあいにくの雨模様で開催すら危ぶまれる状況だった。**ところが**…… 當天不巧看來快要下雨，本來是連能否舉行活動都令人擔憂的狀況。然而……
>
> ②朝ゴミを捨てようと家のドアを開けた。**と思ったら**…… 早上打開家門要去丟垃圾。沒想到……
>
> ③初夏の山形ツアー、本場のサクランボ食べ放題。**さらに**…… 孟夏的山形旅遊，在櫻桃產地櫻桃吃到飽。更還……

　　最近電視上綜藝節目的字幕，越來越常看見接續詞了；本來是諧星們正常搞笑的影像，接著突然變成只有文字的畫面，而且只有打上「しかし」等接續詞。這樣的編輯會讓觀眾期待節目接下來的發展，可說是靈活運用接續詞特性的巧妙安排。

　　透過接續詞讓人期待之後發展的節目效果中，有三種接續詞很常用到。第一種是「しかし」「ところが」等逆接接續詞。來舉例吧！下列就是【問題】①的答案。

> ▶ 年老いた母が骨折したという電話にびっくり。**しかし**、幸い、怪我は軽く、治療費も保険ですべてまかなわれた。 我被突如其來的電話嚇了一跳，說是年邁的母親骨折了。但是，幸好傷勢不重，治療費也全由保險支付。
>
> ▶ 当日はあいにくの雨模様で開催すら危ぶまれる状況だった。**ところ**

が、ふたを開けてみると、雨のなか、熱心なファンが 100 名以上集まってくれた。 當天不巧看來快要下雨，本來是連能否舉行活動都令人擔憂的狀況。然而結果一看，在雨中有超過 100 位熱情的粉絲，前來加油。

第二種是「すると」「と思ったら」等順接接續詞，可發揮讓人期待結果的作用。下例是【問題】②的答案。

▶ 共働きの夫婦で、おたがいの分担をリストにしてコルクボードに貼ってみた。**すると**、それまで家事を嫌がっていた夫も進んで引き受けてくれるようになった。 我們是雙薪夫妻，我把彼此要分擔的家事寫成清單貼在軟木板上。然後原本討厭做家事的丈夫也開始幫我做起家事了。

▶ 朝ゴミを捨てようと家のドアを開けた。**と思ったら**、空から突然何かが降ってきた。見ると、ハトのフンだった。 早上打開家門要去丟垃圾。沒想到突然從空中掉下東西來。仔細一看，是鴿子大便。

第三種是「しかも」「さらに」等添加接續詞，可以讓人期待意料之外的結果。下例是【問題】③的答案。

▶ 今日は昼間から老舗のうなぎ屋で優雅にお食事。**しかも**、上司のおごりでラッキー。 今天大白天就在鰻魚飯老店優雅地用餐。而且還是上司請客，有夠幸運。

▶ 初夏の山形ツアー、本場のサクランボ食べ放題。**さらに**、1kg のお土産付き。 孟夏的山形旅遊，在櫻桃產地櫻桃吃到飽。還附 1kg 的伴手禮。

逆接、順接、添加這些接續詞都有一個共通點，就是之後的內容往往是出人意料的。藉由醞釀意外感，才能炒熱觀眾的情緒。像這樣活用

接續詞讓人期待之後的發展，就能獲得吸引讀者的效果。

另一方面，在網路情報雜誌上也開始常看到「だから～」這種顯眼的標題。譬如我偶然看到的頁面（東洋經濟 ONLINE）中，竟同時出現三個「だから～」讓我很驚訝。

▶ **だから**日本人は「英語で雑談」できない！ 所以日本人沒辦法「用英語聊天」！

▶ **だから**レッドソックス上原は 40 歳でも輝ける 所以紅襪的上原就算 40 歲也能綻放光芒

▶ **だから**ローソンは"万年 2 番手"を脱せない 所以 LAWSON 無法脱離「萬年第二名」

本來在「だから」之前要敘述原因，但是若只放在標題就無法理解其內容。這時候讀者就會對為什麼「日本人沒辦法『用英語聊天』」、為什麼「紅襪的上原就算 40 歲也能綻放光芒」、為什麼「LAWSON 無法脱離『萬年第二名』」感到莫大興趣，進而開始閱讀本文。

像「だから」的這種用法，從 1988 年 B'z 的出道單曲《だからその手を離して（所以請放開那隻手）》就開始廣為人知，到 2000 年大平光代的自傳《だから、あなたも生きぬいて（所以，你也要活下去）》成為百萬暢銷書後，我感覺就變得普遍了。雖然跟綜藝節目的字幕做法不同，但都是很有趣的手法。

我們不妨再舉一個例子，這次是關於漫畫的接續詞。荒木飛呂彦《JOJO 的奇妙冒險》中，登場人物之一的漫畫家岸邊露伴曾說過一句「だが断る（但我拒絕）」。

這句「だが断る」在使用上的重點是，在對方的期待到達高點時，用這句拒絕使事態急轉直下。如果只是單純違背對方期待還不足夠，必須要讓對方覺得「咦，一般會在這種時候拒絕嗎」才真正完整發揮了這句話的效果。也就是說，我們必須得最大限度發揮出接續詞「だが」的力道。

請看下面的例句。

> ▶ A「お前にはほんとうに世話になったから、フレンチごちそうする
>   よ」 A：「我真的受到你很多關照，所以請你吃法式料理啦。」
>   B「ありがとう。だが断る」 B：「謝謝。但我拒絕。」

如果只有這樣，「だが断る」的效果就不強。有必要在前面的文章中，提高對於法式料理的期待感。

> ▶ A「お前にはほんとうに世話になったから、フレンチごちそうする
>   よ」 A：「我真的受到你很多關照，所以請你吃法式料理啦。」
>   B「ありがとう。嬉しいなあ。ただ、俺、フレンチにはほんとうに
>   うるさいぞ」 B：「謝謝，我好高興喔。不過我對法式料理很挑喔。」
>   A「わかってるよ。まかせとけって。ミシュランの三ツ星を取りつ
>   づける、日本を代表するフレンチ、広尾のサンサーンスだぞ。苦
>   労して予約取ったんだ。期待しててくれよ」 A：「我知道，交給
>   我吧！我訂的是不斷獲得米其林三星、代表日本的法式餐廳，廣尾的聖
>   桑喔！我費了一番功夫才預約到的，好好期待吧！」
>   B「だが断る」 B：「但我拒絕。」

逆接接續詞的妙趣就在於，在後文背叛對方的期待。為此若不在前文中充分加強對方的期待，逆接的效果就會大打折扣。

4 | 自創接續詞

【問題】

請將下方劃底線的接續詞，置換成「○○く／○○に／○○で 言うと」的形式。

① ソフトキャリーをご存じだろうか。ようするに、軟らかい素材でできたスーツケースのことである。　你聽過軟布箱嗎？總而言之，就是用柔軟素材製作的行李箱。

② お金を使わない方法は、行楽地に行かない、外食をしない、ショッピングをしない、自家用車に乗らないなどが考えられます。つまり、休日に外に出ないことです。　不花錢有幾種辦法，例如不到遊樂地區遊玩、不外食、不購物、不坐自家車等等。也就是說，假日不出門。

③ 毎日オフィスにいても居場所がなくてしんどい。実際、いつ辞めてもよいと思っている。　雖然每天坐在辦公室裡，但卻沒有我歸屬的地方而感到疲憊。實際上，我甚至覺得隨時都可以辭職。

　　如果說接續詞可以自己創造，或許有些人會對此感到驚訝。但是除了目前介紹的接續詞外，其實還有可以自己創造接續詞的方法。

　　所謂接續詞，就是依據前文的內容，預告後文發展的語詞。這麼一想，問題就在於如何述說延續話題這點。這時候使用「○○言うと／言えば（○○地說）」就是很方便的方法，尤其是在想詳細區分換言接續詞的語感時非常有幫助。

　　以下在說明中使用「言うと」當作代表，不過「言えば」意思也幾乎相同。

　　首先，想想把話說得直白、簡潔的用法。「つまり」「ようするに」可以換句話說，改成「わかりやすく言うと（淺白地說）」「平たく言

175

うと（淺顯地說）」「やさしく言うと（簡單地說）」等等。【問題】的①即是這個改法。

> ▶ ソフトキャリーをご存じだろうか。**わかりやすく／平たく／やさしく 言うと**、軟らかい素材でできたスーツケースのことである。　你聽過軟布箱嗎？淺白地／淺顯地／簡單地說，就是用柔軟素材製作成的行李箱。

　　相似的用法還有把話說得明晰。「はっきり言うと（明白地說）」「率直に言うと（老實地說）」「明確に言うと（明確地說）」等，與「つまり」或「ようするに」的語感相近。

> ▶ 近年の日本人の経済観は大きく変わってしまった。**はっきり／率直に／明確に 言うと**、拝金主義になり、価値判断の基準が金銭に換算されるようになったということだ。　近年來日本人的經濟觀有巨大的變化。明白地／老實地／明確地說，就是變成拜金主義，價值判斷的基準全換算成金錢了。

　　另外還有把話說短的用法。「つまり」或「ようするに」可以改成「簡単に言うと（簡單地說）」「短く言うと（簡短地說）」「手短に言うと（扼要地說）」「一言で言うと（一句話說）」「一口で言うと（簡言地說）」「端的に言うと（簡明地說）」「てっとり早く言うと（直截了當地說）」等，變化相當多。【問題】的②即是這個改法。

> ▶ お金を使わない方法は、行楽地に行かない、外食をしない、ショッピングをしない、自家用車に乗らないなどが考えられます。**簡単に／短く／手短に／一言で／一口で／端的に／てっとり早く 言うと**、休日に外に出ないことです。　不花錢有幾種辦法，例如不到遊樂地區遊玩、不外食、不購物、不坐自家車等等。簡單地／簡短地／扼要地／一句話／簡言地／簡明地／直截了當地說，假日不出門。

也有說出真心話的用法。「じつは」「事実」「実際」或是口語的「ぶっちゃけ（講白了）」，都可以改成「正直に言うと（老實說）」「ありていに言うと（坦白說）」「露骨に言うと（露骨地說）」「本当のことを言うと（說真的）」「本音を言うと（說真心話）」「じつを言うと（說老實話）」等等。改換成「本当のところ」「本音のところ」「じつのところ」也是可行的。【問題】的③即是這個改法。

> ▶ 毎日オフィスにいても居場所がなくてしんどい。**正直に／ありていに／露骨に／本当のことを／本音を／じつを** 言うと、いつ辞めてもよいと思っている。 雖然每天坐在辦公室裡，但卻沒有我歸屬的地方而感到疲憊。老實說／坦白說／露骨地說／說真的／說真心話／說老實話，我甚至覺得隨時都可以辭職。

其他還有只用換言接續詞無法表達完整的各種說法。

譬如有把話說正確的用法。「厳密に言うと（嚴格來說）」「正確に言うと（正確來說）」「正しく言うと（正確來說）」等皆是如此。如果用「すなわち」「つまり」是很難表達出這種語感的。

> ▶ 弊社は車の販売を行っている。**厳密に／正確に／正しく** 言うと、車の販売を仲介している会社である。 敝公司進行車輛販售。嚴格來說／正確來說，是仲介車輛販售的公司。

另外還有相反於「短く言う」「簡単に言う」「やさしく言う」，也就是「詳しく言う（詳細地說）」「ややこしく言う（複雜地說）」「難しく言う（困難地說）」的用法。這些都可以代換說成「詳しく言うと」「ややこしく言うと」「難しく言うと」。用既有的接續詞，難以表現這些用法原有的語感。

▶ 剣道は、スポーツではない。**詳しく／ややこしく／難しく 言う**と、ポイントを競い合う競技ではなく、精神性と礼節を重んじる武道である。 劍道不是運動。詳細地／複雜地／困難地說，劍道不是彼此爭奪分數的競技，而是重視精神性與禮節的武道。

想扼要地敘述事物，有「大きく言うと（大致地說）」「大ざっぱに言うと（約略地說）」「大まかに言うと（概略地說）」等用法。也可以用「概略（概略）」一個字來表達意思。

▶ イタリアは格差が大きい国である。**大きく／大ざっぱに／大まかに 言う**と、工業が発達している豊かな北部、農業に依存する貧しい南部に分かれる。 義大利是貧富差異很大的國家。大致地／約略地／概略地說，分成工業發達而富饒的北部，以及仰賴農業而貧窮的南部。

也有用極端的表現來形容的用法，譬如「大げさに言うと（誇大地說）」「極端に言うと（極端地說）」「誇張して言うと（誇張地說）」等等。另有不用「言うと」，寫成「極論すると（極端講）」的表現。

▶ 校正者はつねに真剣に間違いを探す。**大げさに／極端に／誇張して 言う**と、間違い探しに喜びと生き甲斐を感じる人たちである。 校對者總是認真地尋找錯誤。誇大地／極端地／誇張地說，他們是對於找錯感到樂趣與人生意義的一群人。

相較於表示極端，也有表示保守的用法，例如「穏やかに言うと（心平氣和地說）」「柔らかく言うと（溫和地說）」「控えめに言うと（保守地說）」等。

▶ 本を読まないと馬鹿になる。**穏やかに／柔らかく／控えめに 言う**と、本を読むことで知識と思考力が鍛えられ、頭がよくなることが

ある。　不讀書會變笨蛋。心平氣和地／溫和地／保守地說，讀書可以增加知識、鍛鍊思考能力，使腦筋變好。

　　另一方面，也有表示對如何表達感到迷惘的用法。以口語來舉例，就是會說出「でも、まあ（可是，呃）」的狀況，譬如「どちらかと言うと（要說是哪邊）」「どっちかと言うと（要說是哪邊）」「強いて言うと（硬要說的話）」「あえて言うと（真要說的話）」。

▶　営業という部門には光の部分と陰の部分がある。**どちらかと／どっちかと／強いて／あえて 言うと**、商品開発部門のサポートをする陰の部分が強いかもしれない。　業務這個部門有幕前的一面也有幕後的一面。要說是哪邊／硬要說的話／真要說的話，在幕後支援商品開發部門的一面比較強也說不定。

　　還有表示結論的用法。若「ようするに」是在最後才整理文章，那麼這些用法就是在開頭就整理好文章了。例如「結論から言うと（從結論說）」「先回りして言うと（事先說）」「先取りして言うと（預先說）」等等。

▶　我々は売上前年度比 20%増というかなり高い目標を掲げてやってきた。**結論から／先回りして／先取りして 言うと**、トータルではその目標をかろうじて達成することができた。　我們擬定了銷售額要比前年度增加 20%的困難目標。從結論／事先／預先說，整體上我們勉強達成了那個目標。

　　以上，就是以換言接續詞為主所改寫的各種接續詞。不過除此之外的其他種接續詞其實也可以用「言うと」來換句話說。
　　譬如補足接續詞「なぜなら」可以換成「なぜかと言うと（要說為何）」「どうしてかと言うと（要說為什麼）」。

▶ 路上での勧誘に素直に応じてはいけない。**なぜかと／どうしてかと言うと**、いい加減な契約でカモにされる可能性が高いからだ。 在路上碰到招攬時不可以天真地答應。要說為何／要說為什麼，因為很有可能會被詐騙簽下惡意契約。

另外，「ちなみに」可以換成「ついでに言うと（順便說）」「參考までに言うと（當成參考來說）」「それに関連して言うと（說個有關的）」。

▶ 北海道民はじつは豚肉が好き。帯広の豚丼は有名だし、室蘭の焼き鳥も豚肉である。**ついでに／参考までに／それに関連して 言うと**、ジンギスカンの羊肉も好きである。 其實北海道民眾喜歡吃豬肉。帶廣的豬肉蓋飯很有名，室蘭的烤雞肉串其實用的是豬肉。順便說／當成參考來說／說個有關的，北海道人也喜歡吃成吉思汗羊肉。

其他還有添加接續詞「さらに」，可置換成「もっと言うと（再多說）」「重ねて言うと（再繼續說）」「加えて言うと（接著說）」。亦可使用「さらに言うと（進一步說）」這個說法。

▶ 社会人として大切なのは、好かれることではなく、嫌われないこと。**もっと／重ねて／加えて／さらに 言うと**、そばにいて相手を不快にさせないことです。 作為一名社會人士，重要的不是受人喜愛，而是不被討厭。若再多說／再繼續說／接著說／進一步說，就是不要讓身旁的人感到不快。

像這樣使用「○○言うと／言えば」的形式，就能提升既有接續詞的精確度，也能表示既有接續詞無法完整表達的前後文關係。還請各位多加摸索，組合出適合自己的接續詞。

【問題】

下面例句模擬了新聞稿的口吻。請在①～③的〔 　　　〕中從「これを
うけ」「こうしたなか」「これにたいし」擇一填入。

①昨今の景気回復にともない、多くの中小企業では必要な新卒採用者
が確保できない状況が続いています。〔　　　〕、新たな採用策を
打ちだし、成功させている企業があります。そうした企業の取り組
みの現場を取材してきました。　隨著近日景氣回復，許多中小企業持
續著無法雇用應屆畢業生的狀況。〔　　　〕，也有企業透過新的錄取策
略成功確保新人。我們實際到這些企業的現場為您帶來採訪報告。

②昨今の景気回復にともない、多くの中小企業では必要な新卒採用者
を確保できない状況が続いています。〔　　　〕、全国 35,000 以上
の中小企業から構成される中小企業団体中央会は、大企業に有利と
される現行の新卒採用システム改善の申し入れを経済産業省にたい
して行っていくことを決定しました。　隨著近日景氣回復，許多中小
企業持續著無法雇用應屆畢業生的狀況。〔　　　〕，由全國 35000 間
以上的中小企業組成的中小企業團體中央會，決定前往經濟產業省，建議
改善目前對大企業有利的現行新人錄取機制。

③昨今の景気回復にともない、多くの中小企業では必要な新卒採用者
が確保できない状況が続いています。〔　　　〕、政府は、新卒採
用者を主な対象とした、中小企業のための新たな雇用対策に乗りだ
すことを検討しています。　隨著近日景氣回復，許多中小企業持續著無
法雇用應屆畢業生的狀況。〔　　　〕，政府以職場新鮮人為主要對象，
正在討論有利中小企業的全新雇用對策。

喜歡看將棋與圍棋比賽的我很常看 ETV 的 NHK 盃圍棋、將棋淘汰賽。其中將棋很常見到如……

▶ **まで**、132 手<ruby>を<rt>て</rt></ruby>もちまして○○九<ruby>段<rt>だん</rt></ruby>の<ruby>勝<rt>か</rt></ruby>ちでございます。　至此，在第 132 手確定為○○九段的勝利。

這之中「まで（至此）」很是令人在意。這應該是將棋這個領域特有的接續詞吧！

在報紙的將棋觀戰記中也常看到「<ruby>代<rt>か</rt></ruby>えて（若換）」這樣的表現。

▶ <ruby>感想戦<rt>かんそうせん</rt></ruby>で▲ 9 <ruby>七歩<rt>ななほ</rt></ruby>が<ruby>敗着<rt>はいちゃく</rt></ruby>とされた。**<ruby>代<rt>か</rt></ruby>えて**、▲ 9 <ruby>四歩<rt>よんほ</rt></ruby>が<ruby>有力<rt>ゆうりょく</rt></ruby>だった。　在感想戰中敗於▲ 9 七步。若換▲ 9 四步應該是有力的。

雖然嚴格來說這或許不是接續詞，但的確固定用於句首。

類似的說法中，還有在字典裡有記載意思的「<ruby>転<rt>てん</rt></ruby>じて（引申為）」。

▶ 「<ruby>敵<rt>てき</rt></ruby>に<ruby>塩<rt>しお</rt></ruby>を<ruby>送<rt>おく</rt></ruby>る」は、<ruby>塩<rt>しお</rt></ruby><ruby>不足<rt>ぶそく</rt></ruby>で<ruby>苦<rt>くる</rt></ruby>しむ<ruby>甲斐<rt>かい</rt></ruby>の<ruby>国<rt>くに</rt></ruby>を<ruby>領地<rt>りょうち</rt></ruby>とする<ruby>敵将<rt>てきしょう</rt></ruby><ruby>武田信玄<rt>たけだしんげん</rt></ruby>に、<ruby>上杉謙信<rt>うえすぎけんしん</rt></ruby>が<ruby>塩<rt>しお</rt></ruby>を<ruby>送<rt>おく</rt></ruby>ったとされる<ruby>故事<rt>こじ</rt></ruby>に<ruby>由来<rt>ゆらい</rt></ruby>する。**<ruby>転<rt>てん</rt></ruby>じて**、<ruby>苦<rt>くる</rt></ruby>しむ<ruby>敵<rt>てき</rt></ruby>に、あえて<ruby>利敵行為<rt>りてきこうい</rt></ruby>をすることを<ruby>表<rt>あらわ</rt></ruby>す。　「送鹽予敵」源自戰國時期，上杉謙信送鹽給苦於缺鹽的甲斐國領主，也是敵將的武田信玄的典故。現引申為對陷於困難的敵人做出有利敵方的行為。

本節中雖然不能說明所有領域，不過可以來看看其中幾個。

我以前在一橋大學上課時，有很多機會可以閱讀社會科學的文獻。在調查文獻時我發現，法學領域接續詞的特殊性。在前面並列、選擇的章節中看過的「および」與「ならびに」、「または」與「もしくは」的區別在法律的世界中非常重要。

不僅如此，務求嚴謹的法律文章中，喜歡使用「ただし」「なお」「もっとも」等補足接續詞中的附加接續詞。由於「ちなみに」缺乏論

理性，很少使用。

對法律不熟悉的一般民眾可能會驚嘆法律連這種事都要規定。法律重視嚴謹，所以用「ただし」導入例外規定，詳細說明。能說明的就毫無遺漏地說明，這便是法律條文。

聖經的接續詞也非常特殊。在我過去的調查中，「そこで」在《口語譯》及《新共同譯》中各排第 4 名、「そのとき」各排第 7 與第 5、「こうして」各排第 6、「それゆえ」各排第 8 與第 7、「そうすれば」各排第 12 與第 9，結果有所偏向。我認為這 5 個是日語譯聖經的特殊接續詞。在這之中以特殊性尤強的「それゆえ」與「そうすれば」各舉一例。

章 14－16 節，《聖經 中文和合本》）（日語聖經出自耶利米書 9 章
13－15 節，《聖經 新共同譯》日本聖書協會）

▶ 求めなさい。**そうすれば**、与えられる。探しなさい。**そうすれば**、
見つかる。門をたたきなさい。**そうすれば**、開かれる。だれでも、
求める者は受け、探す者は見つけ、門をたたく者には開かれる。 你
們祈求，給你們；尋找，就尋見；叩門，就給你們開門。因為凡祈求的，
就得著；尋找的，就尋見；叩門的，就給他開門。（馬太福音 7 章 7－
8 節，《聖經 中文和合本》）（日語聖經出自馬太福音 7 章 7－8 節，《聖
經 新共同譯》日本聖書協會）

　　另外，新聞稿的接續詞也很特殊。電視或是廣播中，聽到新聞在開
頭說明完事件背景與狀況後，會發現常聽到帶有「こ」這個指示詞的接
續詞，如「こうしたなか（值此之時）」「これにたいし（對此）」「こ
れをうけ（受此影響）」。試著填入【問題】的①～③吧！以下是接續
「昨今の景気回復にともない、多くの中小企業では必要な新卒採用者
が確保できない状況が続いています。」的部分。

①**こうしたなか**、新たな採用策を打ちだし、成功させている企業があ
ります。そうした企業の取り組みの現場を取材してきました。 值
此之時，也有企業透過新的錄取策略成功確保新人。我們實際到這些企
業的現場為您帶來採訪報告。

②**これにたいし**、全国 35,000 以上の中小企業から構成される中小企
業団体中央会は、大企業に有利とされる現行の新卒採用システム改
善の申し入れを経済産業省にたいして行っていくことを決定しまし
た。 對此，由全國 35000 間以上的中小企業組成的中小企業團體中央
會，決定前往經濟產業省，建議改善目前對大企業有利的現行新人錄取
機制。

③**これをうけ**、政府は、新卒採用者を主な対象とした、中小企業のた
めの新たな雇用対策に乗りだすことを検討しています。 受此影響，
政府以職場新鮮人為主要對象，正在討論有利中小企業的全新雇用對策。

有聲音的新聞比起印刷的報紙更具有快速播報的特性，為了提高臨場感，所以使用了許多含有「こ」的接續詞。

同樣都是帶有音聲感的書面語，像隨筆等就常出現不正式的接續詞。下面小田嶋隆的文章中，會出現「で（然後）」「が（但）」，營造了看起來像是在說話般、口齒清晰的文體。

DとYは、その当時から既に親友だった。家が近く、親同士も仲が良かった。で、二人はウマが合ったのだと思う。 D跟Y從那時起就是好朋友了。家住得近，父母彼此關係也好。然後，我覺得他們兩個人個性很合。

DとYと私は、小学校の1年から3年まで、同じクラスで学ぶのだが、Yとはまだ距離があった。一緒に遊ぶようになるのは、Cを通じて友人になってからの話で、たぶん3年生頃からだ。 D跟Y跟我，從小學1到3年級都在同一班，但那時候跟Y還有點距離。會開始一起玩，是透過C變成朋友後的事，大概是3年級那時候。

で、その頃、われわれは、落語に出会い、新聞を創刊しはじめ、4年生になって「笑点」がはじまると、いよいよメディア志向の遊び方をするようになる。つまり、テレビのバラエティーショーの真似をしたり、商店街の大人を相手にインタビュー記事を企画するようになったわけだ。何ひとつモノになったわけではないが。 然後，那時我們接觸到落語、開始創辦報紙、到4年級開始模仿「笑點」，終於玩起娛樂節目般的遊戲。也就是說，開始模仿電視的綜藝節目，或計劃到商店街去對大人進行採訪、寫出報導。雖然最後什麼也沒辦成就是。

彼らとの付き合いは、小学校卒業と同時に途切れる。 跟他們的關係，隨著小學畢業也一起結束了。

私は地元の区立小学校に進み、彼らは私立の進学校を受験して、揃ってその男子校に通うことになったからだ。 因為我後來去當地的區立小學，他們則去考升學取向的私立學校，最後一起到那間男校上學。

Yは、高校2年生の時、ある疾患を持つ。以来、その難病は彼の生

活を支配する。症状が改善して、ひと通りの社会生活ができるように見えた時期もある。が、入退院を繰り返している期間も多く、結局のところ、Ｙは、進学も、就職も、結婚もせず、ほぼ一生涯、生まれた町を出ることなく、40 歳を過ぎて間もない頃、消え入るように死んでしまった。　Ｙ在高中 2 年級時罹患某種疾病。之後這種病便支配了他的生活。有段時期症狀改善，看起來似乎能跟一般人一樣生活。但，反覆出入院的期間也很多，結果 Ｙ 沒有升學、也沒就業、結婚，一輩子沒走出自己誕生的城鎮，過了 40 歲沒多久，就像消失般過世了。

Ｄとは大学で再会する。同じ大学の別の学部に通っていることがわかって、当時は、Ｙも含めて、時々、酒を呑むようなこともあった。　跟 Ｄ 則是在大學時期再相遇。後來知道上同一間大學的不同學院，當時跟 Ｙ 一起，三個人偶爾會去喝點酒。

が、そのＤは、30 歳を過ぎてほどなく、地下鉄の人身事故で死ぬ。詳細はわからない。ホームから転落したところに電車が来たのだという。葬儀の時、顔の右半分を包帯で覆われていたＤの少し開いた口の中で、白い歯に血が滲んでいるのを見た。Ｙは葬式に来ることができなかった。　但，那個 Ｄ 在 30 歲過後，就因為地下鐵的事故而死。我也不清楚詳細狀況。聽說是從月台上掉下去，剛好電車開過來。葬禮時，被繃帶包住右半臉部的 Ｄ，我看到他略微張開的口中，白色的牙齒滲出了血。Ｙ 則沒能來參加葬禮。（小田嶋隆《近郊的文體論》）

隨著文章類型不同，其他也會看到如「と（接著）」這樣簡短的接續詞。

▶ 急いでいた私は電車のドアに突進した。**と**、次の瞬間、電車のドアが閉まり、私は閉まったドアに突き飛ばされたのであった。　我趕忙衝向電車門。接著，下個瞬間電車門關閉，我被關起來的門給撞飛了。

　　如同以上所見，在某些領域中，有一部分接續詞會頻繁出現。這些接續詞共同營造了那類文章的某種「特色」。

第 8 章

接續詞的注意事項
注意接續詞的使用方式

【問題】

下方劃底線的接續詞中，不合文章的請修改成其他適當的接續詞。

筆記用具は、社会人になると、縁遠くなる人も少なくないだろう。①だって、パソコンしか使わない人や、字を書く機会自体がなくなる人が増えるからだ。②しかし、学生には欠かせないものである。③あと、手帳などに手で書きこむのが好きな社会人も少なくないだろう。 在出社會後，許多人就不常用筆記用具了吧！①畢竟，因為增加了只用電腦、或是寫字機會變少的人。②但是，對學生而言卻是不可或缺的。③還有，喜歡用筆記本做筆記的社會人士也不少。

筆記用具は、時代とともに変化している。小学校の鉛筆の主流は今では 2B である。これまでは、硬さを表す H（Hard）と、濃さを表す B（Black）のバランスが取れた HB が主流であった。④でも、今の子どもたちは筆圧が弱いため、2B を使うことが多いという。⑤だから、小学校で使えるようにと、幼稚園が卒園記念で卒園児に配る鉛筆も 2B が多い。 筆記用具隨時代產生變化。現在小學生使用鉛筆的主流是 2B。過去的主流是介於表硬度的 H（Hard）與表濃黑的 B（Black）之間的 HB。④可是，因為現在的小朋友筆壓較弱，所以多使用 2B。⑤所以，許多幼稚園為了紀念畢業，會贈送畢業生 2B 鉛筆，方便他們上小學後使用。

⑥一方、筆圧は個人差が大きく、強すぎる筆圧で芯を折ってしまう人もいる。⑦とりわけ、シャープペンシルのように、細い芯の場合、折れやすいものが多い。⑧けど、強い筆圧に対応し、芯を長く出して力をかけてもまず折れないシャープペンシルもすでに開発されている。 ⑥另一方面，每個人筆壓強度不同，許多力道較強的人容易折斷筆芯。⑦尤其是，自動鉛筆這種筆芯很細的筆特別容易斷。⑧可是，現在已開發出

就算壓出較長筆芯，用力也不會斷的自動鉛筆。

⑨ほかにも、書いていると少しずつ芯が回転し、一定の太さと濃さで安定して書きつづけられる商品が子どもたちのあいだで支持されている。芯のカドが折れたり引っかかったりすることなく、字がきれいに見えるという効果もある。 ⑨其他還有，書寫時筆芯會慢慢旋轉，能保持一定粗度與濃度的商品，深受小朋友喜愛。這種筆還有筆芯不會斷掉、勾住紙張，字寫起來乾淨整潔的效果。

⑩また、蛍光ペンも進化している。蛍光ペンのペン先が柔軟にしって紙にフィットする設計になっているものがある。⑪なので、曲がることなく線が引け、また線の太さも変わらないという。 ⑩然後，螢光筆也正在進化。有些螢光筆的筆尖設計成會柔軟地貼合紙張。 所以，據說劃線時不會扭曲，線的粗細也不會改變。

⑫てなわけで、筆記用具は地味に、しかし確実に進化しているのだ。 所以說，筆記用具雖然樸實，但確實地正在進化當中。

接續詞中，分成用在較軟的文體中、具有口語性質的類型，以及用在較硬的文體中、具有書面用語性質的類型，及兩者都可使用的類型。

例如以逆接接續詞為例，可整理下表。

▶ 口語性的：「でも」「けど」「なのに」「そのくせ」

▶ 兩者可用的：「しかし」「けれども」「ところが」

▶ 書面性的：「だが」「にもかかわらず」

我們將口語性的、兩者可用的、書面性的這三層稱呼為文體層次吧。在撰寫文章時，可能會發生將口語用在書面上的問題。這麼一來，在文章中用上口語性的用詞，就會使讀者感覺奇怪、不適應。

雖然在寫文章時應該沒有人會用到「てか」「つうか」之類，但說不定會有人不小心使用了「ていうか」「というか」。然而，這兩個都是口語用詞。在正式文章中，使用兩者皆可的「というよりも」，或是

書面用詞的「むしろ」等較正式的接續詞是比較安全的。我們據此依序來看看【問題】的文章吧！

①「だって」雖然是理由接續詞，但改成「なぜなら」「というのは」比較恰當。「だって」是口語用詞，聽來會有小朋友說藉口的語感。「なぜかと言うと」也還帶有一點孩子氣的感覺。

②「しかし」是能用在口語和書面兩者的接續詞，沒有問題。

③「あと」由於具有給人想到什麼說什麼的印象，屬口語性的接續詞，所以不適合用在文章中。「それと」的語感也相同。這裡使用書面性的接續詞「また」應比較恰當。

④「でも」與「だって」相同，常是小朋友用來說藉口的接續詞。雖然改成「しかし」亦可，不過使用帶有意外感的「ところが」更精確。

⑤「だから」硬要說起來也可以使用，但主觀性強，不適合文章。使用客觀性較高的「そのため」較佳。

⑥「一方」與⑦「とりわけ」都是適合文章的書面用接續詞，直接使用沒有問題。

⑧「けど」與「でも」有類似語感，都是口語用接續詞。使用不省略的形式「けれども」更好，或改成「だが」看起來更穩重。

⑨「ほかにも」比較微妙。看起來雖然可以用，但「そのほか」或「さらに」較有書面用語的印象，所以這邊還可以多加思考。

⑩「また」沒有問題。

⑪「なので」在最近急遽增加了其使用範圍。或許是為了避開主觀性高的「だから」，又要同時避開語氣太僵固的「したがって」「ゆえに」，所以大家才改用「なので」吧！雖然在電子信件等類似口語的文章中使用相當自然，但對年長的人來說「なので」聽起來頗是詭異，這邊還是避免使用比較好。這邊改成「したがって」，覺得太生硬也可改成「その結果」我想是比較適當的。

⑫「てなわけで」用來結束文章，會讓文章的氣氛一口氣崩毀，實在不該使用。至少要改成「というわけで」「ということで」才比較穩重。或改成「このように」「以上のように」，可以明確點出結論，收

束整篇文章的重點。

文章的文體就像衣服。不論那個人多麼能幹，但穿上不符場合、時機的服裝，外表上就會被人懷疑是否真那麼有才能。

同樣地，若文章本應保守、正式，這時放進口語般非正式的表達，就可能被人懷疑內容的素質，尤其接續詞是能表示文體層次的語詞。因此必須要提高天線的敏感度，確認使用的接續詞是否能配合文章的文體層次。

【問題】

思考下列①～③的前提邏輯，並指出邏輯不連貫的部分。

①私は数学ができない。したがって、文系の学部に進むしかない。　我不會數學。因而，我只能進文組的學院。

②私は先日、会社の健診に引っかかってしまいました。ですので、せっかくの飲み会のお誘いですが、うかがうことができません。　我前陣子在公司的健診中發現身體有問題。所以，雖然感謝邀請我參加酒會，但我不能前往。

③北海道の夏は涼しい。だから、ミヤマクワガタが多い。　北海道的夏天很涼快。所以，高砂深山鍬形蟲很多。

接續詞是連接前文與後文的橋梁。而所謂的架橋，就是之間有很深的鴻溝，亦即語意上的差距。也就是說，沒有接續詞的地方句子間語意相差不遠，而有接續詞時句子間的語意相差較多。

接續詞雖然能在句子間架起橋梁，填補語意的差距，可是當語意的差距過大，只靠接續詞的力量不見得能填補這個差距。

譬如，①「我不會數學」因而「只能進文組的學院」之間，邏輯就有相當程度的跳躍。

首先，寫出這句話的人可能是高中生，沒想過專門學校或高中畢業後就職的可能性，只想著要升學進入大學。然後，他似乎認為進入大學後，分成文組與理組的學院，而只能從中擇一。雖然我們可以質疑這種思考方式，不過現在姑且當作條件是充分的。

如此一來，「我不會數學」→「只能進文組學院」這樣的連接就會

產生問題。這邊由於省略了一個階段的前提，所以邏輯是不連貫的。

這個省略的前提是「進理組學院有數學考試」或者「進理組學院後需要用到數學來學習」。或許這名寫文章的人是把其中一個當成了前提，所以才做出「只能進文組的學院」這個判斷。可是，因為這個部分沒有成文，讀者看不出來，所以必須要像下面句子般確實提出來。

> 私は数学ができない。理系のほとんどの学部では入試で数学が必須になる。**したがって**、数学ができない私は文系の学部に進むしかない。 我不會數學。理組大多數學院在入學考試中都必須考數學。因而，不會數學的我只能進文組的學院。

> 私は数学ができない。理系のほとんどの学部では入学後の学習で数学が必須になる。**したがって**、数学ができない私は文系の学部に進むしかない。 我不會數學。理組大多數學院在入學後都必須透過數學來學習。因而，不會數學的我只能進文組的學院。

由於可能像這樣「在接續詞背後產生邏輯跳躍」，所以在使用接續詞時必須多加注意是否邏輯不連貫。

②「在公司的健診中發現身體有問題」→「不能前往酒會」這個連結也有問題。「健診中發現身體有問題」並不一定就不能去酒會。

這邊也是省略了一個前提，所以缺乏說服力。因此有必要把「健診中發現身體有問題」的內容，以及為何會連結到「不能前往酒會」的邏輯給說清楚。

因為關乎個人隱私，所以沒必要寫到「肝臟很痛，是肝硬化的初期階段」「得到必須再進一步做精密檢查的診斷」等私人領域。寫得這麼詳細，反而會讓對方退縮。

可是，至少寫出「醫生嚴禁我喝酒」這件事，才能讓特地來邀請的人信服。

▶ 私は先日、会社の健診に引っかかり、医者から飲酒を固く禁じられてしまいました。**ですので**、せっかくの飲み会のお誘いですが、うかがうことができません。 我前一天在公司的健診中發現身體有問題，醫生嚴禁我喝酒。所以，雖然感謝邀請我參加酒會，但我不能前往。

③「北海道的夏天很涼快。所以，高砂深山鍬形蟲很多」是有關專業知識的問題。

這邊問的雖然是昆蟲專業知識，不過其他如以職場專業知識（譬如複雜的金融商品）為前提而無法傳達給顧客，或以男性喜歡的知識（譬如運動）為前提而無法傳達給女性，又或是以年輕人的生活（譬如最新型的智慧型手機）為前提而無法傳達給高齡者等等，在各種領域都可能發生相同的問題。

在這邊，問題出在高砂深山鍬形蟲這種鍬形蟲的專業知識。ミヤマクワガタ寫成漢字是「深山クワガタ」，也就是棲息於深山的鍬形蟲。與鋸鍬形蟲相反，喜好涼爽的地區。有必要了解這兩種大型鍬形蟲各自棲息在不同的棲息地這件事。因此改成下句才能完整傳達出意思。

▶ 北海道の夏は涼しい。**だから**、（暑い平地を好むノコギリクワガタではなく）涼しい高地を好むミヤマクワガタが多い。 北海道的夏天很涼快。所以，（不是喜歡炎熱平地的鋸鍬形蟲）而是喜歡涼爽高地的高砂深山鍬形蟲很多。

寫文章時的基本態度是，考量到寫文章的人與讀者間的知識差距，配合讀者知識的等級來撰寫。然後，在用到接續詞的地方尤其容易產生這種知識的差距，所以必須時時確認邏輯是否連貫。

填補差距吧

【問題】

下列①～④句子中的「だから」是否真的能用「だから」連結呢？請舉出針對「だから」的反例，打消「だから」的關係。

① ダイエットではカロリー制限が基本である。だから、お腹いっぱい食べることは許されない。 減肥中限制吸收卡路里是基本。所以，不容許吃得很飽。

② 会社の利益は、2割の従業員が8割を生みだしている。だから、たいした利益を生みださない8割の従業員はクビにしたほうが、経営効率が上がる。 公司由2成的員工生產8成的利益。所以，開除剩下沒什麼產能的8成員工，可以增加經營效率。

③ Ｅメールを用いたコミュニケーションはトラブルが多い。だから、在宅で連絡を取りあいながら、業務を行うのは不可能である。 使用電子郵件溝通易發生糾紛。所以，在家一邊連絡一邊執行業務是不可能的。

④ 日本は社会の高齢化が急速に進んでいる。だから、失業率は今後さらに下がるだろう。 日本正急速加快社會的高齡化。所以，今後失業率會繼續下降吧！

　　使用接續詞時，除了須避免第8章之2所提到的邏輯不連貫，還有一件重要的事。那就是要避免用接續詞強硬連結前後文。

　　你聽過牽強附會這個成語嗎？牽強附會的意思，就是指配合自己的喜好強硬扭曲結論，混為一談。簡單講，就是強詞奪理。為了曲解而用接續詞，自然會使文章變得毫無邏輯。

　　雖然有人認為只要使用接續詞文章就有邏輯性，但那只是對接續詞的片面理解。其實接續詞不僅能使文章符合邏輯，相反地也能使文章不

符邏輯。

常出現牽強附會的，就是順接接續詞「だから」與結論接續詞「とにかく」「いずれにしても」等能盡快導出結論的接續詞。關於後者請參考第 5 章之 2，這邊主要討論「だから」。

「だから」在會話中尤其容易變得牽強附會。事實上在會話中……

> ▶「**だから**、さっきから言ってるじゃん」 「所以我剛不是說了嗎？」
>
> ▶「**だから**、やめときなさいってあれほど言ったのに」 「所以我不是一直叫你不要做嗎？」

會出現這種不表示因果關係的「だから」。雖然在文章中應該是看不到有人這樣用「だから」，但邏輯蠻橫的「だから」偶爾仍會在文章中出現。

因此，當看見用「だから」串聯的因果關係時，須試著去懷疑那是否真的是可以用「だから」連結的關係。為此，思考「だから」的例外，舉出反例就是很重要的工作。

從①開始檢討吧！

① ダイエットではカロリー制限が基本である。**だから**、お腹いっぱい食べることは許されない。 ①減肥中限制吸收卡路里是基本。所以，不容許吃得很飽。

①不用說，根本是謬論。因為只要吃低卡路里的食物，譬如蒟蒻之類，就算吃到飽，卡路里的吸收也能控制在限制之下。因此，只要改成下句，就能解決邏輯不通的問題。

▶ ダイエットではカロリー制限が基本である。**だから**、高カロリーの
ものをお腹いっぱい食べることは許されない。　減肥中限制吸收卡路
里是基本。所以，不容許吃高卡路里食物吃得很飽。

② 会社の利益は、2割の従業員が8割を生みだしている。**だから**、たい
した利益を生みださない8割の従業員はクビにしたほうが、経営効率
が上がる。　公司由2成的員工生產8成的利益。所以，開除剩下沒什麼產
能的8成員工，可以增加經營效率。

　　「公司由2成的員工生產8成的利益」這個概念被稱為「80比20的
法則」，或稱為「帕累托法則」。
　　可是，若這個「80比20的法則」正確，那就算開除8成員工，那
剩下的2成員工中同樣運行著「80比20的法則」。也就是說，開除8
成員工不會變成提升經營效率的最終手段。因此，這個經營者的判斷是
錯的，②的文章無法修改得具有邏輯性。

③ Eメールを用いたコミュニケーションはトラブルが多い。**だから**、在
宅で連絡を取りあいながら、業務を行うのは不可能である。　使用電
子郵件溝通易發生糾紛。所以，在家一邊連絡一邊執行業務是不可能的。

　　③的問題在「在家連絡」的手段以電子郵件為前提這點。如果「使
用電子郵件溝通易發生糾紛」，那只要使用其他不會發生糾紛的手段就
可以了。
　　的確，在家工作基本上多用電子郵件，但也可以用電話或Skype連
絡；如果距離夠近，若有必要也可以直接前往對方的公司親自拜訪。

　　又或是如果真的「使用電子郵件溝通易發生糾紛」，那只要找出糾
紛的起因，就能想出各種減少糾紛的對策，譬如活用調查成果教導電子

郵件的寫法等等。

因此，③的內容也是錯誤的，無法修正。若③的內容正確，那像群眾外包這個機制本身根本就無法成立。

④日本は社会の高齢化が急速に進んでいる。**だから**、失業率は今後さらに下がるだろう。 日本正急速加快社會的高齡化。所以，今後失業率會繼續下降吧！

這裡包含了第 8 章之 2 所提到邏輯不連貫的問題。可像下面修改後的例句般補上邏輯的缺口。

> ▶ 日本は社会の高齢化が急速に進んでおり、労働者の数が減少している。**だから**、労働市場は売り手市場になり、失業率は今後さらに下がるだろう。 日本正急速加快社會的高齡化，勞動者的數目正在減少。所以，勞動市場會變成賣方市場，今後失業率會繼續下降吧。

可是這是以經濟狀況不會改變為前提。實際上，消費慾望低的高齡者增加，消費活動本身可能變得遲緩。此外，為了尋求年輕優秀的勞動力，也可能發生日系企業出走日本，或外資系企業從日本撤退的狀況。用「だから」串聯的理論看起來很理想，但同時也包含了把事態單純化的脆弱性。

4 | 刪除無用的接續詞

【問題】

在下方文章中，選擇省略也沒有問題的接續詞。

　　横浜は、歴史的には 1859 年の横浜港開港以来、国際的な船舶が数多く出入りしている。<u>また</u>、開港当時、各国との修好条約締結によって外国人居留地が整備され、中国人商人を中心に横浜中華街が形成された。<u>その結果</u>、現在でも、外国人観光客が数多く訪れ、外国人居住者も 8 万人いる。<u>さらに</u>、みなとみらい地区には横浜国際平和会議場（パシフィコ横浜）があり、新横浜にはサッカーのＷ杯の決勝が行われた横浜国際総合競技場（日産スタジアム）がある。<u>しかし</u>、横浜は東京に近いため、東京と同一視されることが多く、海外での知名度もあまり高くないという問題がある。<u>また</u>、世界的にグローバル化が進んだため、横浜の持つ異国情緒への魅力が薄れているという問題もある。　横濱在歷史上從 1859 年橫濱港開港以來，就有許多國際船舶頻繁出入港。然後，開港當時因為要與各國締結修好條約，整備了外國人居留地，形成了後來以中國商人為中心的橫濱中華街。結果，現在仍有許多外國觀光客前來探訪，此地的外國人居住者也多達 8 萬人。而且，港未來地區有橫濱國際和平會議場（Pacifico 橫濱），新橫濱則有舉辦過世界盃足球賽決賽的橫濱國際綜合競技場（日產體育場）。可是，因為橫濱鄰近東京，常被視為東京的一部分，在國外的知名度並不是很高。然後，因為世界各地都在進行全球化，橫濱特有的異國風情魅力逐年消散也是一個問題。

透過本書看到現在，可以了解接續詞在書寫文章，或是理解文章時發揮了相當重要的功能。

可是，接續詞並非萬能。若無用的接續詞太多，每個接續詞的地位就變得曖昧，無法完整發揮功能。

在我過去調查的數據中，一般認為接續詞很多的社會科學系論文，接續詞使用率為約25％（4句有1句會有接續詞連接的感覺）；小說或隨筆、報紙社論或專欄則在10％前後（10句有1句會有接續詞連接的感覺）。或許你會感到意外地少，但很可能這個比率才是接續詞的正常用量。

之所以論文中接續詞的使用率較高，應該是因為接續詞幫助論文證明了它的邏輯性。為了提升論文說服力，接續詞不可或缺。

另一方面，小說或隨筆的接續詞使用率低，應是因為文學性高的文類喜好句子結束後的餘韻。若有接續詞，前後文的連結就受到綁定，縮小了讀者透過自己的解釋沉浸在書中世界的空間，意涵會變得淺薄。對作家而言，盡量省去無用的接續詞是基本功夫。

譬如，來看看下方這句具文學性的句子吧！

> ▶ ジャガイモは小さな地球だ。そのなかに山も川もある。　馬鈴薯是個小地球。上頭有著山與川。

這是以詩人高橋新吉的「一つのじゃがいもの中に山も川もある（一顆馬鈴薯中有山也有河川）」為靈感改編的句子。雖然在文中其實可以放進「だから」「そして」「つまり」「なぜなら（〜からだ）」等接續詞，但為了保持文學性表現，不把接續詞的邏輯帶進來才是上策。正是因為把接續詞的部分委由讀者去解釋，所以才產生了文學性。

報紙社論、專欄接續詞的使用率會低，應是因為報紙為了排版而有嚴格的字數限制吧！以報紙來說，必須先考量到文字量再撰寫報導，所以可以想像記者會盡量節省在資訊上無用的接續詞。尤其是像《朝日新聞》的「天聲人語」、《每日新聞》的「余錄」、《讀賣新聞》的「編集手帳」等專欄，字數限制嚴苛，給人嚴選接續詞的印象。

我們用實際文章來看看可以省略多少接續詞吧！

断食には健康を増進する効果があるとされる。事実、動物実験では、7割程度に食事制限することで寿命が延びたとする調査もある。　一般認為斷食有促進健康的效果。事實上在動物實驗中，有報告指出將食物限制在原量 7 成左右可以延長壽命。

しかし、即断は禁物である。**なぜなら**、ビタミンなど、人間の体内で生成できない栄養素も存在する**からだ**。**また**、断食の期間中に脂肪をエネルギーに変えるさいに悪性の物質が生成され、中毒症状を起こす場合もあるという。　可是，切忌立即斷食。要說為何，因為有些營養素如維生素等，人體無法生成。而且，據說在斷食期間，將脂肪轉變成能量的過程中會產生惡性物質，可能會造成中毒症狀。

それでも、断食に効果があるとされるのは、断食をすると、食べ物のありがたみを感じ、野菜を中心とした軽い食事を摂取したくなるからではないか。**つまり**、断食は、食習慣を見なおすきっかけになるため、健康を増進すると考えられるようになったのかもしれない。　即使如此，之所以會認為斷食有效，是因為斷食後會對食物感到感激，會想實行以蔬菜為主的輕便飲食。也就是說，或許斷食是讓自己重新審視飲食習慣的契機，並開始思考促進健康的方法。

　　在上文的接續詞中，省略後會讓人覺得奇怪的是「しかし」與「それでも」。請留意兩者都是逆接接續詞。如第 3 章之 2 所提及，會有逆接接續詞，代表接下來有令人意外的進展；若省去逆接接續詞，會讓人覺得突兀，讀者在閱讀中會有強烈抗拒感。相反地，其他接續詞就算省略也不會感到太奇怪。

　　【問題】的文章也是相同的。除了逆接接續詞「しかし」以外全部省略似乎也能讀通。

横浜は、歴史的には 1859 年の横浜港開港以来、国際的な船舶が数多く出入りしている。**また**、開港当時、各国との修好条約締結によって外国人居留地が整備され、中国人商人を中心に横浜中華街が形成された。**その結果**、現在でも、外国人観光客が数多く訪れ、外国人居住者も 8 万人いる。**さらに**、みなとみらい地区には横浜国際平和会議場（パシフィコ横浜）があり、新横浜にはサッカーのW杯の決勝が行われた横浜国際総合競技場（日産スタジアム）がある。**しかし**、横浜は東京に近いため、東京と同一視されることが多く、海外での知名度もあまり高くないという問題がある。**また**、世界的にグローバル化が進んだため、横浜の持つ異国情緒への魅力が薄れているという問題もある。

横濱在歷史上從 1859 年橫濱港開港以來，就有許多國際船舶頻繁出入港。~~然後~~ 開港當時因為要與各國締結修好條約，整備了外國人居留地，形成了後來以中國商人為中心的橫濱中華街。~~結果~~ 現在仍有許多外國觀光客前來探訪，此地的外國人居住者也多達 8 萬人。~~而且~~ 港未來地區有橫濱國際和平會議場（Pacifico 橫濱），新橫濱則有舉辦過世界盃足球賽決賽的橫濱國際綜合競技場（日產體育場）。可是，因為橫濱鄰近東京，常被視為東京的一部分，在國外的知名度並不是很高。~~然後~~ 因為世界各地都在進行全球化，橫濱特有的異國風情魅力逐年消散也是一個問題。

　　但是要注意，「沒有也無妨」跟「沒有比較好」並非同義。而且例文中為了便於省略接續詞，插入了助詞「も」等等。實際在文章中削減接續詞時，也需要從這個觀點去進行微調。

　　不將接續詞只當成接續詞才是高明的作法，因為接續詞需要與周圍環境調和才可以發揮真正的功能。

Column 在論文或報告中使用接續詞的訣竅

由於論文或報告等具學術性的文章，必須藉由邏輯傳達文章內容，所以相當仰賴接續詞。如同本文所介紹的，論文的接續詞使用率約 25%，也就是每 4 句就有 1 句使用接續詞，比例相當高。

在論文與報告中最常出現的是「しかし」。雖然向讀者展示預料外的進展「しかし」是不可或缺的，但用得太過頻繁，也是文章不易讀的原因。在鄰近的地方使用多個「しかし」，可能會扭曲文章，這時還請試著削減其中幾個「しかし」吧！

常用的逆接接續詞還有「だが」。「だが」是對比性強的逆接，在論文中常用在表示過去與現在、理想與現實等說明的文章中。因此，理論性高、內容抽象的論文不太使用「だが」。在前後文分歧時使用，效果尤其強烈。

使用率僅次於「しかし」的是「また」。並列接續詞「また」是連接段落、複數段落等長單位時相當重要的角色。但是若「また」開頭的段落中又出現「また」，句子層級就會產生混亂。這時候縮減接續詞的使用，譬如上層結構使用「また」，下層則替換成助詞「も」等，就能避免文章不自然。

並列接續詞「そして」與「また」同樣常用。想舉出數個具體事例，並強調最後一項事例時，就可以使用「そして」。在這層意義上，若當作英語的 and 頻繁使用，就會造成文章混亂，必須多加注意。

後記

　　本書是我移籍到國立國語研究所後的第一部著作。在國立國語研究所中，研究的是日語學習者，也就是學日語的外國人在日語學習與教育上的情形。

　　研究日語學習者的作文時我深刻感受到，想學習日語接續詞有多麼困難。他們在該使用「また」的地方用了「しかも」，在該使用「したがって」的地方使用「だから」。或是在奇妙的地方放進「だが」，配上「のである」。能想像這是由於他們的母語影響了日語的學習。

　　但是，不只有外國人才覺得接續詞令人頭疼，對日本人來說也相當棘手。因為接續詞難以自然學會，必須大量寫文章，反覆試驗、出錯，才能真正學會接續詞。

　　但如同優秀的足球教練只要看到某人踢球的姿勢，一瞬間就能了解他的足球技巧，優秀的編輯只要看到文章中使用的幾個接續詞，就能看出那個人的文章能力。接續詞就是像這樣能左右文章評價的恐怖存在。

　　以前執筆的《文章は接續詞で決まる》（光文社新書）沒有同類書籍，幸好評價很高，所以有幸收到幾份邀稿，請我寫本能增進接續詞能力的實踐書籍。我之所以決定接下實務教育出版第 1 編輯部岡本真志先生的邀約，只是因為「岡本先生最早委託我」這個理由而已。

　　實際見面後，了解到岡本先生是位溫和地關照作者的人物；在我承蒙岡本先生好意、拖拖拉拉數年之後，才終於完成了這本書。請容我在這裡致上歉意。

　　不過多虧這數年時間，我自己關於接續詞的研究亦有所長進，終於能挖掘到在撰寫前著時未能發現、有關接續詞的各種現象，並將其成果反映在本書中。

　　我想在本書發行的同時期，助我出版前著的光文社預定也會推出我有關語彙的書籍。我與光文社新書編輯部的草薙麻友子小姐，打從與接續詞結緣以來已共同合作出版數本書籍，這次是第四本了。

因為接續詞這個主題，連結了我與許多新朋友，並拓展了我工作的領域，也像這樣能與各位讀者相識。在這篇「後記」之後還有「接續詞研究介紹」，我會在此介紹透過接續詞而認識的各位研究者的成果。若您在本書中感受到接續詞魅力的話，還請您「接續」這些與接續詞有關的文獻資料。作為一名接續詞研究者，打從心底期待您能藉此構築自身的接續詞觀。

2016 年 5 月　在多摩的初夏之前　SDG

石黑圭

接續詞研究介紹

撰寫本書時，我參考了許許多多的先行研究。但若要全部介紹會變得繁瑣，所以這邊僅介紹在一般讀者參考範圍內的研究。

● 整體

石黒圭（2008）『文章は接続詞で決まる』光文社

▶ 成為本書發行契機的書。此書為理論篇，而本書則是實踐篇。

日本語記述文法研究会編（2009）『現代日本語文法 7　談話・待遇表現』くろしお出版

▶ 網羅了重要接續詞用法。我自己也協助執筆。

馬場俊臣（2010）『現代日本語接続詞研究─文献目録・概要及び研究概観』おうふう

▶ 馬場俊臣先生為日語接續詞研究的權威。請配合網站「接続詞関係研究文献一覧」一起閱讀。

● 第 1 章

市川孝（1978）『国語教育のための文章論概説』教育出版

▶ 雖然嚴格說起來是連接類型論，但在提到接續詞類型時，是常常提出來的著名文獻。

佐久間まゆみ（2002）「接続詞・指示詞と文連鎖」『日本語の文法 4　複文と談話』岩波書店

▶ 貫徹「把話──的機能」這個觀點分析接續詞，其觀點新穎，有許多地方值得學習。

林四郎（1973）『文の姿勢の研究』明治図書（2013 年由ひつじ書房再版）

▶ 從動態過程中捕捉接續詞的觀點極有創見，是本在現代也很有參考價值的著作。

●第 2 章

小泉保（1987）「譲歩文について」『言語研究』91
▶ 在思考讓步、逆接的概念時最先會被引用的重要基本文獻。

張麟声（2003）「論説文体の日本語における因果関係を表す接続詞型表現をめぐって―「その結果」、「そのため」と「したがって」―」『日本語教育』117
▶ 作者是為中文母語者進行日語教育的權威，在其中談論了書面用語的因果關係。

浜田麻里（1995）「トコロガとシカシ　逆接接続語と談話の類型」『世界の日本語教育』5
▶ 作者在『現代日本語文法 7　談話‧待遇表現』統整了接續詞研究，這是她代表性的論文之一。

●第 3 章

石黒圭（2005）「序列を表す接続語と順序性の有無」『日本語教育』125
▶ 此論文從留學生的誤用出發，以條列方式來闡明接續詞組合的類型。

木戸光子（1999, 2001, 2002）「接続表現と列挙の文章構造の関係（1）（2）（3）」『文藝言語研究言語篇』36、40、42
▶ 此為文章研究者透過文章結構這個巨大的框架，來討論列舉接續詞的連篇論文。

黄明侠（2013）『「序列の接続表現」に関する実証的研究―日中両言語話者による日本語作文の比較から』ココ出版
▶ 此為將中國人日語學習者與日本人做比較後，闡明學習者使用列舉接續詞特徵的博士論文（一橋大學）。

中俣尚己（2015）『日本語並列表現の体系』ひつじ書房
▶ 年輕研究者嘗試分析並列表現體系的長篇博士論文（大阪府立大學）。

● 第 4 章

石黒圭（2001）「換言を表す接続語について―『すなわち』『つまり』
『要するに』を中心に―」『日本語教育』110
  ▶ 此論文談論「換句話說」會因個人解釋的程度，影響接續詞的選擇或前後文的對稱
    性。

川越菜穂子（2006）「補足の接続詞とコミュニケーション上のスト
ラテジー―ただ、ただし、もっとも、ちなみに―」『日本語文法の
新地平 3　複文・談話編』くろしお出版
  ▶ 這篇論文證明只有品味特殊的接續詞研究者，方能注意到無人發現的事物。

中村明（1973）「接続詞の周辺―同帰に属する語の文法的性格―」
『国立国語研究所論集　ことばの研究 4』
  ▶ 這是我研究所時代的恩師以「理解接續詞」為中心闡述，探討接續詞與副詞界線的
    論文。

● 第 5 章

川越菜穂子（2000）「『話題の転換』をあらわす接続表現について―
「ところで」と「とにかく」―」『帝塚山学院大学　人間文化学部研
究年報』2
  ▶ 此篇為研究者獨力披荊斬棘，為無人注目的轉換接續詞做出豐碩成果的研究論文。

俵山雄司（2006）「『こうして』の意味と用法―談話を終結させる
機能に着目して―」『日本語教育論集』22

俵山雄司（2007）「『このように』の意味と用法―談話をまとめる
機能に着目して―」『日本語文法』7-2
  ▶ 有年輕接續詞研究者希望之稱的作者，整理結論接續詞研究成果的論文。

◉ 第 6 章

田野村忠温（1990）『現代日本語の文法 I ―「のだ」の意味と用法―』
和泉書院

名嶋義直（2007）『ノダの意味・機能―関連性理論の観点から―』
くろしお出版

野田春美（1997）『「の（だ）」の機能』くろしお出版
▶ 雖然觀點各自不同，但上記三本都是體現發行當時研究「のだ」水準的代表性、體系性著作。

◉ 第 7 章

石黒圭（2014）「指示語にみるニュースの話し言葉性」『話し言葉と書き言葉の接点』ひつじ書房
▶ 如同本書所提及，說明新聞稿常見到使用「こ」這個指示詞的接續詞。

石黒圭（2015）「聖書のなかの接続詞―口語訳聖書と新共同訳聖書の比較から―」『New 聖書翻訳』2
▶ 討論聖經 5 大接續詞「そこで」「そのとき」「こうして」「それゆえ」「そうすれば」的論文。

石黒圭（2016）「社会科学専門文献の接続詞の分野別文体特性―分野ごとの論法と接続詞の選択傾向との関係―」『日本語文法研究のフロンティア』くろしお出版
▶ 討論商學、經濟學、法學、社會學、國際政治學這社會科學 5 大領域中，大學教科書裡使用接續詞的傾向。

王金博（2015）「『しかし』と『そこで』の『遠隔共起』から見た社説の「開始部」の文章脈絡展開」『日本語／日本語教育研究』6
▶ 在接續詞界中導入「遠隔共起」這個概念，於 2015 年獲得筑波大學博士學位的作者代表作。

甲田直美（2001）『談話・テクストの展開のメカニズム』風間書房
▶ 此為用體系囊括文章、談話進展的博士論文（京都大學），其中收錄了探討接續詞與元語言關係的論文。

馬場俊臣（2006）『日本語の文連接表現─指示・接続・反復─』おうふう
▶ 大範圍探討句子連接關係的著作。 其中也收錄了可說是接續詞二重使用的研究里程碑的論文。

村岡貴子・米田由喜代・大谷晋也・後藤一章・深尾百合子・因京子（2004）「農学・工学系日本語論文の『緒言』における接続表現と論理展開」『専門日本語教育研究』6
▶ 此論文被認為是王金博「遠隔共起」概念的出發點，在他執筆論文時也成為了參考論文。

● 第 8 章

石黒圭（1998）「文間を読む─連文論への一試論─」『表現研究』67、表現学会
▶ 討論文章餘韻、深度與接續詞關係的古早論文。 不過我到現在想法仍沒有改變。

石黒圭・阿保きみ枝・佐川祥予・中村紗弥子・劉洋（2009）「接続表現のジャンル別出現頻度について」『一橋大学留学生センター紀要』12
▶ 為了解什麼文類中的什麼接續詞出現頻率有多高，分門別類調查接續詞出現頻率的報告。

井伏鱒二（1956）「『が』『そして』『しかし』─文體は人の歩き癖に似てゐる─」『文學界』10-8、文藝春秋新社
▶ 不知為何就是想把文豪井伏鱒二的隨筆放進來。 文學家對接續詞的看法頗值得玩味。

萩原孝恵（2012）『「だから」の語用論—テクスト構成的機能から対人関係的機能へ—』ココ出版

▶ 針對為何「だから」會引發牽強附會，進行理論探討的博士論文（昭和女子大學）。

215

た

221

國家圖書館出版品預行編目（CIP）資料

日語接續詞大全：學會連接前後句，增強寫作和閱讀
　能力！/石黑圭著；王世和審訂；林農凱譯.
-- 初版. -- 臺北市：日月文化，2018.10
　面；　公分. -- (EZ Japan 教材；06)
譯自：「接續詞」の技術

ISBN 978-986-248-755-6（平裝）

1. 日語　2. 語法

803.166　　　　　　　　　　　　　　107014394

EZ Japan 教材 06

日語接續詞大全：學會連接前後句，增強寫作和閱讀能力！（附接續詞一覽表）

「接続詞」の技術

作　　　者：石黑圭
審　　　訂：王世和
譯　　　者：林農凱
主　　　編：蔡明慧
編　　　輯：彭雅君
校　　　對：蔡明慧、彭雅君
封面設計：李莉君
內頁排版：簡單瑛設

發 行 人：洪祺祥
副總經理：洪偉傑
副總編輯：曹仲堯
法律顧問：建大法律事務所
財務顧問：高威會計師事務所

出　　　版：日月文化出版股份有限公司
製　　　作：EZ叢書館
地　　　址：臺北市信義路三段151號8樓
電　　　話：(02) 2708-5509
傳　　　真：(02) 2708-6157
客服信箱：service@heliopolis.com.tw
網　　　址：www.heliopolis.com.tw
郵撥帳號：19716071日月文化出版股份有限公司

總 經 銷：聯合發行股份有限公司
電　　　話：(02) 2917-8022
傳　　　真：(02) 2915-7212
印　　　刷：中原造像股份有限公司
初　　　版：2018年10月
初版四刷：2018年11月
定　　　價：350元
Ｉ Ｓ Ｂ Ｎ：978-986-248-755-6

Original Japanese title:「SETSUZOKUSHI」NO GIJUTSU
©Kei Ishiguro 2016
Original Japanese edition published by JITSUMUKYOIKU-SHUPPAN Co.,Ltd.
Traditional Chinese translation rights arranged with JITSUMUKYOIKU-SHUPPAN Co.,Ltd.
through The English Agency (Japan) Ltd. and AMANN CO., LTD., Taipei

日月文化集團
HELIOPOLIS
CULTURE GROUP

客服專線 02-2708-5509
客服傳真 02-2708-6157
客服信箱 service@heliopolis.com.tw

廣告回函
台灣北區郵政管理局登記證
北台字第 000370 號
免貼郵票

日月文化集團 讀者服務部 收

10658 台北市信義路三段151號8樓

對折黏貼後，即可直接郵寄

日月文化網址：**www.heliopolis.com.tw**

最新消息、活動，請參考 FB 粉絲團

大量訂購，另有折扣優惠，請洽客服中心（詳見本頁上方所示連絡方式）。

日月文化

寶鼎出版

山岳文化

EZ TALK

EZ Japan

EZ Korea

大好書屋・寶鼎出版・山岳文化・洪圖出版　EZ叢書館　EZ Korea　EZ TALK　EZ Japan

日月文化集團
HELIOPOLIS
CULTURE GROUP

感謝您購買 日語接續詞大全：學會連接前後句，增強寫作和閱讀能力！

為提供完整服務與快速資訊，請詳細填寫以下資料，傳真至02-2708-6157或免貼郵票寄回，我們將不定期提供您最新資訊及最新優惠。

1. 姓名：＿＿＿＿＿＿＿＿＿＿＿ 性別：□男　　□女

2. 生日：＿＿＿年＿＿＿月＿＿＿日　職業：

3. 電話：（請務必填寫一種聯絡方式）
　（日）＿＿＿＿＿＿＿（夜）＿＿＿＿＿＿＿（手機）＿＿＿＿＿＿＿

4. 地址：□□□＿＿＿＿＿＿＿＿＿＿＿＿＿＿＿＿＿＿＿＿＿

5. 電子信箱：＿＿＿＿＿＿＿＿＿＿＿＿＿＿＿＿＿＿＿＿＿

6. 您從何處購買此書？□＿＿＿＿＿＿縣/市＿＿＿＿＿＿書店/量販超商
　□＿＿＿＿＿＿網路書店　□書展　□郵購　□其他

7. 您何時購買此書？　　年　　月　　日

8. 您購買此書的原因：（可複選）
　□對書的主題有興趣　□作者　□出版社　□工作所需　□生活所需
　□資訊豐富　□價格合理（若不合理，您覺得合理價格應為＿＿＿＿＿）
　□封面/版面編排　□其他＿＿＿＿＿＿＿＿＿＿＿＿＿＿

9. 您從何處得知這本書的消息：□書店 □網路／電子報 □量販超商 □報紙
　□雜誌 □廣播 □電視 □他人推薦 □其他

10. 您對本書的評價：（1.非常滿意 2.滿意 3.普通 4.不滿意 5.非常不滿意）
　書名＿＿＿內容＿＿＿封面設計＿＿＿版面編排＿＿＿文/譯筆＿＿＿

11. 您通常以何種方式購書？□書店　□網路　□傳真訂購　□郵政劃撥　□其他

12. 您最喜歡在何處買書？
　□＿＿＿＿＿＿縣/市＿＿＿＿＿＿書店/量販超商　□網路書店

13. 您希望我們未來出版何種主題的書？＿＿＿＿＿＿＿＿＿＿＿＿

14. 您認為本書還須改進的地方？提供我們的建議？
＿＿＿＿＿＿＿＿＿＿＿＿＿＿＿＿＿＿＿＿＿＿＿＿＿＿＿
＿＿＿＿＿＿＿＿＿＿＿＿＿＿＿＿＿＿＿＿＿＿＿＿＿＿＿
＿＿＿＿＿＿＿＿＿＿＿＿＿＿＿＿＿＿＿＿＿＿＿＿＿＿＿
＿＿＿＿＿＿＿＿＿＿＿＿＿＿＿＿＿＿＿＿＿＿＿＿＿＿＿